Als die Weihnachtsgänse flüchteten

Utta Kaiser-Plessow

Als die Weihnachtsgänse flüchteten

Fünfzehn Weihnachtsgeschichten

Herstellung und Verlag:
BoD - Books on Demand, Norderstedt
ISBN 978-3-7386-3480-8

Inhalt

Der Weihnachts-Mann

Gerade noch am Strand unter Palmen gelegen,
jetzt an Weihnachten denken, dazu lässt er sich
nicht bewegen.
Doch dann kommt es, wie es immer war,
Weihnachten ist zu früh in diesem Jahr.
Er kriegt einen Schlips, das ist ganz klar,
so wie im letzten und davor dem Jahr.
Die Schlipse mag er gar nicht gern,
sie engen ein, sind unmodern.
Für Sie, da muss was Schönes, was Prächtiges
her,
sie ist sein Weib und er liebt sie sehr.
Er rennt und läuft durch alle Gassen,
wühlt sich durch Glühwein trinkende
Menschenmassen,
blättert in Katalogen Hunderte von Seiten um,
es fällt ihm nichts ein, es ist zu dumm.
Nach Schmuck hat er sich umgeschaut,
doch sie meint, der wird nur geklaut.
Schwarze Unterwäsche, sexy, aus Spitze und fein,
doch in den Laden traut er sich nicht rein.
Kommt er mit Pralinenkästen
schreit sie: „Hilfe, du willst mich mästen."
Bringt er Bluse oder Pulli an,
stöhnt sie: „Falsche Größe, typisch Mann"

und eilt in die Stadt, um umzutauschen
und dann etwas ganz Anderes zu kaufen.
Er überlegt – und wenn so recht er es bedenkt,
sie hat alles umgetauscht, was je er geschenkt.
Nicht länger braucht er nachzudenken,
er wird ihr einen Fußball schenken.
Handgearbeitet aus feinstem Leder,
so was ist edel, das hat nicht jeder.
Und außerdem, das ist doch klar,
er wird natürlich umgetauscht im neuen Jahr.

Weihnachtsfrust – Weihnachtslust

Ich hasse Weihnachten, weiß wirklich nicht, was die Leute daran finden. Erst mal die Jahreszeit. Im Gebirge, bei Schnee, mag das für Wintersportler noch angehen. Aber hier bei uns? Im Flachland, in der Stadt? Wo es in der Vorweihnachtszeit meistens regnet. Nichtsdestotrotz, da muss ich durch. Geschenke müssen eingekauft werden und zwar nicht zu knapp. Mit aufgespanntem Regenschirm durch die Stadt hetzen. Überall bleibt der Schirm hängen, eckt an, tropft beim Schließen in die Schuhe, ekelig. Und wohin mit dem Ding, wenn die Hände voller Einkaufstüten sind? Vollbepackte Menschen wälzen sich stundenlang durch überfüllte Fußgängerzonen, rammen Unbeteiligten sperrige Kartons in die Kniekehlen. Und dann überall und von allen Seiten dieses Weihnachtsgedudel. Immer wieder rieselt leise der Schnee, dauernd klingelt das Glöckchen und ewig kommen die Kinderlein. Das beginnt oft schon im November beim Eröffnen der ersten Weihnachtsmärkte. Vor den Kaufhäusern laufen dicke Männer mit weißen Bärten in roten Mänteln auf und ab, stoßen laute Hohoho Rufe aus und drohen erschrockenen Kleinkindern mit der Rute. Als Weihnachtsmann verkleidet soll manch einer Ladendiebstähle und Einbrüche begehen, warnt die Polizei. Auch sollen sie Mitbürgern, die dem Weihnachtsmann-Mythos erlegen sind, häufig Brieftaschen klauen.

Plätzchen müssen gebacken werden. Alle backen Plätzchen. In der Nachbarschaft und im Büroalltag ist das geradezu ein Statussymbol. Die Rezepte im Fernsehen und in den Hochglanzbeilagen der Illustrierten klingen alle so einfach. Man nehme ... Ja, man nimmt. Aber dann: Der Teig klebt und klebt. Ich habe schon fast die doppelte Menge Mehl dazu geknetet, aber immer noch pappt der Teig an den Händen, hängt zwischen den Fingern und sitzt unter allen zehn Fingernägeln. Schön gleichmäßig dünn ausrollen und hübsch ausstechen, sagt das Rezept. Von wegen ausrollen. Der Teig bricht ab, krümelt und wird zum Verrecken nicht gleichmäßig dünn. Ich versuche zu tricksen, rolle kleine Stücke aus, nur für zwei oder drei Förmchen. Das geht besser, aber bis das Blech voll ist, dauert es ewig. Und überhaupt das Ausstechen. Bei den Sternen verpappen die Zacken, die Tannenbäume verlieren die Zweige und kompliziertere Formen wie Weihnachtsmänner oder Trompete spielende Engel lösen sich erst gar nicht aus der Form. Als Alternative bleiben schließlich Herzen und Halbmonde. Oder eine Wurst rollen, Kringel und Brezeln formen. Das ist allerdings nicht gerade einfallsreich. Dabei gibt es in der Bäckerei so wunderbaren Butterspekulatius zu kaufen. Hauchfein, er zerschmilzt auf der Zunge, einfach köstlich. Ganz zu schweigen von dem vielfältigen Plätzchenangebot in den Konditoreien. Aber das geht nicht. Weihnachten muss selbst gebacken werden. Liebevoll verpackt ins weihnachtliche Klarsichttütchen und pompös zugebunden mit roter Schleife, so präsentiert sich das Standard-Mitbringsel.

„Hier meine Liebe, nur eine kleine Auswahl von meinen Weihnachtsplätzchen ... Ja, ich backe jedes Jahr, das gehört für mich einfach dazu. Ich liebe diese Tradition."

Zum Kaffeeklatsch bei der Nachbarin werden dann mit verklärten Blicken viel zu süße Butterkringel und harte Zimtsterne geknabbert.

„Köstlich, einfach köstlich, das Rezept muss ich unbedingt haben", heißt es.

Pure Heuchelei. Die Plätzchen sind außerdem viel zu dick. Die ach so delikaten Kokosmakronen sind zäh wie altes Schuhleder, die Oblaten unter den undefinierbaren Häufchen ziemlich braun.

Und schließlich der Terror mit den Geschenken. Schon Wochen vorher geht es los. Zunächst die Bestandsaufnahme der zu Beschenkenden: Der beste aller Ehemänner, die halbwüchsige Brut, Mutter und Schwiegermutter, Tante Hilde, Tante Gertrud mit Onkel Hans, die Schwägerin, sie alle müssen bedacht werden. Warum haben wir auch so viele Verwandte. Vollwaise müsste man sein, zumindest zu Weihnachten. Zwei Tanten, ein

Onkel und der Schwiegervater sind im vergangenen und vorvergangenen Jahr gestorben, das reduziert die Liste. Aber die anderen sind problematisch genug. Auch für die türkische Putzfrau muss etwas besorgt werden. Ihr nur einen Umschlag mit Geld zu geben, das wäre lieblos. Dabei kennt der Islam doch gar kein Weihnachten.

Es gibt ja Leute, die planen perfekt. Die kaufen bereits im Sommer die Weihnachtsgeschenke und sind in der Adventszeit ohne jeden Stress, ganz entspannt und stets ansprechbar.

„Weihnachtgeschenke zu besorgen? Das ist doch überhaupt kein Problem. Die habe ich in unserem Urlaub in der Türkei" – wahlweise Teneriffa, Marokko, Südafrika oder Island – „schon längst gekauft. Ganz wunderbare Sachen gibt es dort auf dem Markt" – im Basar oder Soukh – „und dazu sooo preiswert", heißt es. Das ärgert mich immer maßlos. Und was das Allerärgerlichste ist: Die Geschenke dieser Zeitgenossen sind originell und immer etwas Besonderes. Schon oft habe ich mir vorgenommen, möglichst früh meine Geschenke zu besorgen. Aber wenn ich am Strand döse oder bei herrlichem Sommerwetter im Pool schwimme habe ich einfach keine Lust dazu, jetzt auch nur einen einzigen Gedanken an Weihnachten zu verschwenden.

Mit dem Besorgen des Christbaums habe ich zum Glück nichts zu tun. Das macht bei mir der

Ehemann. Aber für den Baumschmuck bin ich verantwortlich. Da geht dann das Suchen los. Funktioniert die Lichterkette? Zwei Birnen sind durchgebrannt. Ob es dafür Ersatz gibt? Schließlich stammt die Lichterkette noch von meiner Mutter. Die Schaftkerzen sind mega out, belehrt mich die Tochter, sie möchte gern kleine, bunt flackernde Lämpchen. Die restlichen Bienenwachskerzen vom vorigen Jahr haben den Sommer auf dem Speicher nicht überlebt. Unförmig verklumpt und verbogen liegen sie in dem zerbeulten Schuhkarton mit der Aufschrift ‚Kerzen'.

Das Fernsehprogramm an den Feiertagen ist auch immer dasselbe. Kinderchöre singen inbrünstig vor mit Kerzen und dickem Watteschnee dekorierten Weihnachtsbäumen, es gibt ‚Sissi' mit allen Folgen und ‚Der kleine Lord'. Den schaue ich mir allerdings jedes Jahr an und bin jedes Jahr wieder gerührt. Inzwischen kann ich die Dialoge fast mit sprechen.

Endlich ist Heiligabend. Alle Vorbereitungen sind abgeschlossen, der Stress ist vergessen. Am geschmückten Weihnachtsbaum brennen die Lichter, meine Lieben packen ihre Geschenke aus und freuen sich. Nach dem traditionellen Fondue sitzen wir gemütlich beim Wein. Mit übervollem Herzen schaue ich von einem zum andern und sehe die strahlenden Gesichter meiner Familie. Jetzt liebe ich Weihnachten. Wegfahren? .–. Niemals.

Alle Jahre wieder

„Also dieses Mal wird alles anders", sagt Sabine, „mal ganz ohne Stress und Hektik. Wir lassen es ruhig angehen, fangen frühzeitig mit der Planung an und verbringen alle zusammen ein ruhiges, entspanntes Weihnachtsfest."

„Sehr einverstanden." Ehemann Rolf nickt und sieht den beiden Jungs zu, die am Strand herumtollen und kreischend ins Wasser laufen. „Wir könnten schon einige Weihnachtsgeschenke besorgen. Ich habe auf dem Markt von Palma so schöne Sachen gesehen. Eine gestickte Tischdecke und eine geschnitzte afrikanische Maske würden deiner lieben Mutter ganz bestimmt gut gefallen. Dieselsweatshirts oder T-Shirts beliebter In-Marken für die Jungs sind hier günstiger als zu Hause. Wir nehmen sie eine Nummer größer, dann passen sie in einem halben Jahr."

„Theoretisch wäre das schon okay. Aber bedenke, unser Gepäck hatte beim Abflug in Düsseldorf schon fast zwei Kilo Übergewicht, dazu haben wir reichlich Handgepäck. Wir können uns nicht darauf verlassen, dass wir beim Rückflug wieder so großzügig behandelt werden. Dann müssen wir zahlen und das ist echt teuer."

„Vergiss es, war nur so eine Idee."

Es ist Ende Oktober, Sonntagnachmittag. Sabine und Rolf trinken Kaffee. Die beiden Jungs sind mit Freunden im Kino.

„Also wir wollten dieses Jahr doch schon frühzeitig an Weihnachten denken. Was hältst du von neuen Fahrrädern für die Zwei? Für die alten sind sie doch wirklich schon zu groß. Die geben wir in den Secondhand – Kinderladen, vor Weihnachten sind die schnell verkauft. Dazu für jeden noch ein Buch und eine CD. Das wär's dann schon. Bleibt nur wie jedes Jahr, das Problem mit deiner Mutter."

„Gute Idee. Ich bin für Mountainbikes. Für ihre zehn Jahre sind die Zwillinge ja recht groß, so dass die Räder dann für ein paar Jahre halten. Danach verkaufen wir sie wieder."

„Die Besorgung der Räder übernimmst du, das ist Männersache. Für uns beide bleibt es dabei, dass wir uns nichts schenken. Für deine Mutter kaufe ich einen Pullover mit passender Strickjacke. Die kann sie dann nach Weihnachten umtauschen, tut sie sowieso gerne."

„Na dann ist ja alles bestens", sagt Rolf und vertieft sich in seine Zeitung.

Fünfzehnter November. Sabine und Rolf haben am nächsten Tag Gäste. Sie ist in die Stadt gefahren, um dafür einzukaufen. Im Vorbeigehen sieht sie ins Schaufenster ihres Lieblingsmodehauses. Zwischen Tannenzweigen und auf Kunstschnee ausgebreitet liegen dort Wollpullover und Strickjacken in allen

Farben. Genau das Richtige für Schwiegermutter, denkt Sabine. Aber noch ist reichlich Zeit.

Dreißigster November. Rolf kommt nach Hause. Bevor er den Wagen in die Garage fahren kann, muss er erst die Fahrräder seiner Söhne zur Seite räumen. Ziemlich verbeult sind sie, stellt er fest. Aber die Jungs bekommen Weihnachten ja neue, da muss ich mich bald drum kümmern. Auf Druck von Sabine geht Rolf in der nächsten Woche endlich ins Bike-Center. Ein beflissener Verkäufer spult die Vor- und Nachteile der einzelnen Marken herunter und schüttet ihn förmlich mit Daten zu.

„Hier probieren Sie selbst und fahren Sie eine Runde" sagt er und drückt Rolf ein futuristisch aussehendes Teil für über tausend Euro in die Hand.

„Aber ich will es nicht für mich, sondern für meine Söhne zu Weihnachten." Rolf protestiert.

„Ich brauche zwei Räder. Es sind Zwillinge, zehn Jahre alt, fast elf."

„Da müssen Sie aber die beiden zum Probefahren mitbringen. Die Größe des Rades, der Abstand der Gabel, die Anordnung der Pedale, das muss alles stimmen. Das ist nicht so einfach."

Eine Woche später. Es ist endlich einmal kein Fußballtraining, keine Geburtstagsfeier, keine spannende Fernsehserie und so gelingt es Rolf mit seinen Söhnen in die Stadt zu fahren. Im Bike Center sind die beiden ganz begeistert.

„Oh Fahrräder zu Weihnachten, das ist ja super, echt cool. Ich will ein schwarzes Mountainbike."

„Und ich ein silbernes, mit passendem Helm."

Der Verkäufer betrachtet die beiden.

„Können Sie haben die Herren, aber es geht nicht mehr vor Weihnachten."

Er wendet sich an Rolf.

„Die beiden brauchen eine gängige Jugendgröße und da ist jetzt schon alles ausverkauft. Die neuen Modelle werden etwa Mitte Januar geliefert. Ich werde welche bereit halten und Sie dann anrufen."

Rolf sieht die Enttäuschung der Kinder.

„Dann versuchen wir es wo anders."

„Können Sie gerne tun, aber ich kann Ihnen keine Hoffnung machen. Wir haben das größte Sortiment und jetzt so kurz vor Weihnachten geht nichts mehr."

In drei weiteren Fahrradgeschäften erhält Rolf die gleiche Auskunft. Nach einem längeren Besuch bei McDonalds fahren sie, versehen mit einem Packen Fahrradprospekte, nach Hause. Sabine macht ihrem Mann Vorwürfe.

„Hättest du dich eher darum gekümmert, säßen wir jetzt nicht ohne die Weihnachtsgeschenke da. Dann kauf aber wenigstens für die Kinder Bücher und CDs. Ich muss das Gästezimmer für deine Mutter vorbereiten und noch die Vorhänge waschen, damit sie diesmal nichts auszusetzen hat. Außerdem habe ich noch nichts für sie besorgt."

In der Woche darauf fährt Sabine in die Stadt. Zunächst arbeitet sie gewissenhaft ihren Einkaufszettel ab: Weihnachtsservietten, rote Kerzen, neuen Christbaumschmuck und alles, was sie sonst noch notiert hat. Sie besorgt auch Getränke und reichlich Lebensmittel für die Feiertage – schließlich soll alles möglichst schön und perfekt werden. Zum Schluss geht sie ins Modehaus, um das Geschenk für die Schwiegermutter zu holen. Verblüfft bleibt sie vor dem Schaufenster stehen. Nanu? Keine winterliche Dekoration mit Pullovern mehr, sondern Samt und Seide, festliche Abendroben für die Silvesternacht. Auch im Laden ist nichts Entsprechendes mehr. Auf ihre Frage bekommt sie zu hören, dass inzwischen alles auf die neue Frühjahrsmode eingestellt ist. Nach vielem Hin und Her und Suchen im Lager fördert die Verkäuferin schließlich ein ziemlich hässliches mittelbraunes Twinset aus grobem Wollstrick zutage. Sabine schiebt ihre Bedenken hinsichtlich Modell und Größe beiseite – irgendwas muss sie schließlich haben – und lässt es einpacken.

Die Weihnachtsvorbereitungen nehmen an Tempo und Hektik zu: Krippe vom Speicher holen, Christbaumschmuck und -ständer bereit stellen, Weihnachtsdecken bügeln, für die Kinder die Fahrradprospekte zu Gutscheinen verarbeiten, im Gästezimmer Fenster putzen, Betten neu beziehen, beim Metzger die Gans bestellen.

„Was ist mit den von dir besorgten Büchern und CDs?", fragt Sabine.

„Alles da", sagt Rolf und präsentiert stolz seine Einkäufe.

„Aber Harry Potter haben die doch längst und Jazz mögen sie nicht, sondern Rap."

Wie immer wird Rolf am 22. Dezember seine Mutter aus dem Allgäu abholen. Das bedeutet jeweils 320 km zu fahren, im Weihnachtsverkehr voller Staus. Am 20. Dezember erhalten Rolf und Sabine einen Brief.

„Liebe Kinder, seid mir bitte nicht böse, aber es gab ein tolles Sonderangebot, das wir unbedingt wahrnehmen mussten. Und so fliege ich dieses Jahr mit meinem Seniorenclub über Weihnachten in die Türkei, nach Antalya. Ein Paket mit Geschenken für meine Enkel ist unterwegs. Ich stelle mir Weihnachten ohne jeden Rummel richtig schön vor. Auf der Hotelterrasse in der Sonne sitzen, aufs Meer schauen und dabei Wein trinken. Ich werde am Heiligen Abend an euch denken und wünsche euch ein schönes Fest.. Viele liebe Grüße eure Mutter."

„So ein Weihnachtsfest fände ich auch schön", sagen Sabine und Rolf gleichzeitig.

Auf der Suche nach Weihnachten

Ein Engel flog über die Stadt auf der Suche nach Weihnachten. Er fand volle Straßen, Kaufhäuser, in denen es ununterbrochen ‚Leise rieselt der Schnee, ‚Ihr Kinderlein kommet' und ‚Jingle bells' dudelte. Überall drängten sich die Menschen. Sie hasteten, waren bepackt mit Einkaufstüten und schoben sich mit Ellenbogen durch die Massen. Kinder plärrten. Auf dem Platz vor der Kathedrale stand ein hoher geschmückter Weihnachtsbaum umgeben von zwei Dutzend Holzhäuschen. Sie waren üppig dekoriert mit Tannenzweigen, roten Kugeln und silbernen Sternen, die Dächer bepudert von einer Schicht künstlichen Schnees. Das sah richtig festlich aus. Weihnachten, hier ist es, ich habe es gefunden, frohlockte der Engel. Er freute sich auf den Duft von Bratäpfeln, Zimt und gebrannten Mandeln. Aber welche Enttäuschung als er näher kam: Intensiver Geruch nach altem Fett, gebackenem Fisch und Bratwurst. Buden in denen Würstchen und Pizza verkauft wurden. Männer und Frauen mit blinkenden Nikolausmützen, Elchgeweihen oder wippenden Hasenohren auf dem Kopf umlagerten Glühweinstände und gossen Becher um Becher des dampfenden Getränks in sich hinein.

Witze wurden erzählt, zu stampfender Musik aus Lautsprecherboxen wurde lauthals gegrölt. Erst als Wortfetzen an sein Ohr drangen merkte der Engel, dass es Weihnachtslieder waren oder besser: es sein sollten. Die Songs, verpopt und mit hartem Beat unterlegt, sie hatten überhaupt nichts mit den Weihnachtsliedern zu tun, die der Engel kannte und liebte. Er wurde traurig. Weihnachten war auch hier nicht. So flog er weiter, schaute in große und kleine Stuben. Die Fenster waren geschmückt mit Kugeln, Sternen und bunt blinkenden Lämpchen. Obwohl schon Abend, war es überall noch hell. Lichterketten über Straßen, in Gärten, auf Dächern. Leuchtende Weihnachtsmänner, Christbäume, Rentiere, die Schlitten zogen, Engel, die Trompete spielten. Bei so viel Beleuchtung war vom Sternenhimmel nichts zu sehen. An Fenstersimsen und Dachrinnen kletterten dicke, aufgeblasene Nikoläuse hoch. Nirgendwo sah der Engel Menschen, die beisammen saßen, miteinander erzählten, mit ihren Kindern bastelten oder ihnen Weihnachtsgeschichten vorlasen. Überhaupt die Kinder, wo waren sie? Der Engel schaute genauer hin und fand sie. Unbewegt hockten sie allein vor dem Bildschirm oder der Spielkonsole. Sie schauten gebannt auf Autos, die mit quietschenden Reifen um Kurven jagten, es wurde geballert, geprügelt und gemordet.

Was war nur aus Weihnachten geworden, überlegte der Engel traurig. Weihnachten als Einkaufs- und Konsumschlacht? Nur eine Dekorationsvorlage? Er seufzte. Vielleicht ist es am Stadtrand besser, dachte er, dort wo kein grelles Licht den Sternen- und Kerzenschein zudeckt.

Die Straßen wurden dunkler. Bald gab es keinen üppigen Weihnachtsschmuck mehr, der den Blick in die Fenster verstellte. Der Engel sah viele alte Menschen allein vor dem Fernsehgerät sitzen. Sie starrten auf den Bildschirm. Dort brannten die Kerzen an Weihnachtsbäumen, davor aufgereiht standen Kinderchöre und sangen. Sollte das etwa Weihnachten sein, eine Fernsehshow für Herz und Gemüt? Grübelnd sah der Engel sich um, fast hätte er es übersehen: Aus einem düsteren Schuppen drang schwacher Lichtschein. Vielleicht war dort endlich Weihnachten. Er ging hin und blickte durch das schmutzig-graue Fenster. Vier Jugendliche hockten um eine brennende Kerze, sie ließen eine Zigarette von Hand zu Hand gehen. Gierig sogen sie den Rauch tief in ihre Lungen. In den Ecken lagen viele leere Bierflaschen. Einer kramte aus dem Rucksack einen silbernen Löffel hervor, schüttete etwas Pulver darauf und hielt ihn über die Kerze. Ein anderer machte eine Spritze fertig. Der Engel wandte sich ab und weinte bitterlich. Er entfaltete seine Flügel und flog zurück.

Gott sah, dass sein Engel weinte und es jammerte ihn. Er hielt die Zeit an und befahl den Winden. Da fegte ein Sturm übers Land und es fing an zu schneien. Erst sachte, dann stärker, lautlos und stetig, die ganze Nacht, den nächsten Tag und die folgende Nacht. Als die Menschen am Morgen des Heiligen Abends erwachten war es ganz still. Alles war unter einem weißen Teppich verschwunden. Es gab keine Straßen, keine Autos, keine Busspuren, nichts, alles weiß, nur weiß. Die Fernsehanstalten konnten nicht senden, weil die Sendemasten unter der Last der Schneemassen zusammen gebrochen waren. Im Lokalradio wurde empfohlen, die Häuser nicht zu verlassen. Die Menschen saßen in ihren Wohnungen wie in Höhlen, völlig auf sich gestellt. Nachdem sich Staunen, Wut und Ärger gelegt hatten und sicher war, dass nichts dagegen getan werden konnte, rückten die Menschen zusammen und begannen zu improvisieren. Hausgemeinschaften und Nachbarn, die noch niemals miteinander gesprochen hatten, überlegten gemeinsam was getan werden könne. Vorräte wurden ausgetauscht, zusammen gelegt und es wurde gemeinsam gekocht. Wohnungen öffneten sich für andere, Notgemeinschaften bildeten sich. Trotz aller widrigen Umstände wurde Weihnachten gefeiert, jetzt erst recht.

Lange saßen Alte und Junge zusammen. Sie erzählten, sangen Weihnachtslieder. Zaghaft zuerst, unsicher, aber dann immer lauter und fröhlicher. Manch betagtes und verstimmtes Klavier wurde wiederbelebt. Alle genossen es. Noch Jahre später wurde davon erzählt.

Zum Kummer des Pfarrers blieben die Kirchen an diesem Heiligen Abend leer. Gott störte das nicht, er wusste schließlich warum.

Als die Weihnachtsgänse flüchteten

Bauer Johann war gut im Geschäft. Sein Hof, seit drei Generationen in Familienbesitz, warf immer noch genug ab. Im Frühjahr gab es Erdbeeren, überwiegend zum Selbstpflücken. Das ersparte ihm Personal. Im Sommer verkaufte er Biogemüse und Kartoffeln auf dem Markt oder im Hofladen. Das Geschäft jedoch, das ihm bei weitem das Meiste einbrachte, waren seine Gänse. Muskulös, mit saftigem Fleisch und ohne überflüssiges Fett. Seine Gänse wurden nicht gestopft; sie bewegten sich im Freien. Das schmeckt man, sagten jene, die es wissen mussten – die Köche aus den Feinschmeckerlokalen – und sie bestellten schon im Frühjahr Martins- und Weihnachtsgänse. Bauer Johann ging zufrieden seinen Geschäften nach. Er ahnte nichts von dem Aufstand, der sich in seinem Gänsestall vorbereitete. Hildegard hatte eine Herde aufgeweckter Gänse um sich geschart. Sie war die Wortführerin der Aufständischen.
„Wir haben keine Lust uns schlachten und als Weihnachtsbraten verspeisen zu lassen. Das ist kein Leben für eine intelligente Gans", schnatterte sie. „Wir hauen ab. Von wegen im Gänsemarsch dem Schlachtmesser entgegenwatscheln. Kommt für uns nicht in Frage. Fresst nicht so viel, damit ihr mager bleibt und nicht fett werdet. Auf keinen Fall dürft

ihr das Verkaufsgewicht erreichen. Ihr müsst mobil sein, richtig fliegen, nicht nur blöde rumflattern. Es heißt üben meine lieben Mitgänse, üben, üben, üben."

Jeden Abend, wenn die Gänse zur Nacht weggesperrt wurden, war Versammlung. Hildegard paukte ihnen immer wieder ein, sie sollten nicht so viel fressen, sondern Laufen und Fliegen trainieren. Das Geschnatter war oft so heftig, dass der Bauer manches Mal angerannt kam, weil er meinte, es habe sich vielleicht ein Fuchs eingeschlichen. Tagsüber auf der großen Wiese hinter dem Teich trainierten Hildegard und ihre Anhängerinnen unermüdlich Starten, Fliegen, Landen, Fliegen. Die anderen Gänse glotzten währenddessen blöde und fraßen Mais. So verging der Sommer. Kein Tag, ohne dass Hildegard nicht ermahnt und geschimpft hätte: „Ihr werdet zu fett, nicht so viel Körner fressen, lieber Gras und Kräuter."

Vor Sankt Martin wurden sehr viele Gänse verkauft. Es waren die schwereren Exemplare. „Seht ihr", sagte Hildegard, „wir werden verschont, aber nur bis Weihnachten. Denn wir sollen mehr Gewicht ansetzen."

Bauer Johann wunderte sich. Ein Teil seiner Gänse wurde und wurde dieses Jahr nicht schwerer. Das Verkaufsgewicht war noch lange nicht erreicht. Er änderte die Zusammensetzung des Futters, setzte Vitamine zu, nichts half. Er tröstete sich damit, dass bis Weihnachten noch Zeit sei. Üblicherweise wurden die Gänse für das eigene Dorf erst kurz vor Heiligabend abgeholt. Bauer Johann rupfte sie, nahm sie aus und machte sie küchenfertig. Auf Wunsch füllte er sie auch. Die Hausfrauen mussten sie je nach Geschmack dann nur noch abkochen, anbraten und mit der richtigen Temperatur in den Backofen schieben, sie regelmäßig begießen und abwarten. Das dauerte allerdings. Denn eine gut gebratene Gans von acht oder neun Pfund braucht bestimmt ihre drei bis dreieinhalb Stunden.

Der Weihnachtsabend nahte. Die meisten Gänse waren schon verkauft und abgeholt, nur die für die Dorfbewohner waren noch im Stall. Hildegard und ihre fünfunddreißig Getreuen hatten sich ganz hinten eng zusammengedrängt. Als Bauer Johann früh am Morgen kam, um die Ersten zum Schlachten und Rupfen zu holen, nahm auf Hildegards Kommando die ganze Gruppe Anlauf. Alle flogen laut schnatternd und mit kräftigen Flügelschlägen dem Bauern vor Gesicht und Brust. Es war ein wildes Geflatter, dass die Federn stoben. Dazu stießen die Gänse schrille, wütende Schreie aus, die ganz anders klangen, als das sonst so gemütliche Geschnatter. Der verdutzte Bauer taumelte, riss die Arme hoch um sein Gesicht zu schützen und stolperte rückwärts. Er wollte die Gänse aufhalten, ihnen entgegentreten. Aber gegen Hildegards gut trainierte Kampfgruppe hatte er keine Chance. Er erntete heftige Stöße von harten Schnäbeln und spürte schmerzhaft, wie sie ihm ins Bein schnappten. Die blauvioletten Spuren waren später noch lange zu sehen. „Los, mir nach, raus hier!", schnatterte Hildegard. Energisch drängte sich die ganze Schar am Bauern vorbei ins Freie. Dreimal heftig geflattert und sie erhoben sich in die Luft. Weg waren sie.

Zu diesem Weihnachtsfest gab es im ganzen Dorf nicht einen einzigen Gänsebraten. Zuerst waren alle ärgerlich, aber was half 's. Der Metzger hatte noch reichlich Würstchen vorrätig und produzierte Hack für Frikadellen. Erstaunlicherweise wurden es besonders schöne Weihnachten. Die Hausfrauen waren entspannt, brauchten nicht stundenlang in der Küche zu stehen, es gab keine vollgeschlagenen Bäuche. Die Menschen saßen zusammen und rätselten über das Verschwinden der Gänse. Auch zum Spielen mit den Kindern blieb mehr Zeit. Seitdem gibt es bei den meisten Dorfbewohnern zu Weihnachten keinen Gänsebraten mehr, sondern Kartoffelsalat und Würstchen.

Im Frühjahr wurde an einem toten Seitenarm der Elbe im Naturschutzgebiet eine Kolonie von Gänsen entdeckt, die sich – keiner wusste wann – dort angesiedelt hatten. Es waren keine Wildgänse, sondern schienen ganz normale Hausgänse zu sein. Wo waren die bloß hergekommen?

Sehr ungewöhnlich, wunderten sich die Presse und die örtlichen Naturschützer.

Seitdem leben dort Hildegard und ihre Getreuen glücklich und zufrieden, ohne jede Angst vor Bratpfanne und Backofen.

Entscheidung am Heiligen Abend

Kathrin ist sauer.

„Wenn jemand am 24. Dezember Geburtstag hat, das ist für alle schon schlimm genug. Aber noch schlimmer ist es, die Kumpels zum Frühschoppen einzuladen und abzufüllen."

Ihr Mann antwortet nicht. Er liegt schwer atmend auf dem Sofa und schläft. Sie betrachtet ihn. Er ist zerzaust, der neue Pullover bekleckert, der Mund geöffnet, gurgelndes Schnarchen. Er riecht nach Bier und Rauch, nein stinkt geradezu. Ekelig. Fast vier Jahre geht das nun schon so. Am Anfang ihrer Ehe hat er oft am Wochenende auf dem Markt eingekauft, ihr Blumen mitgebracht. Nach Amelies Geburt sind sie sonntags spazieren gegangen und er hat den Kinderwagen geschoben. Mit der Kleinen auf den Schultern ist er übermütig herum getollt. Auf dem Spielplatz hat er sie immer wieder auf die Rutsche gehoben. Zu dieser Zeit arbeitete er noch in der Autowerkstatt. Aber dann übernahm er in der Spielhalle die Bar, weil er dort mehr verdienen konnte. Ihre Eltern, vor allem ihr Vater, haben leider recht gehabt. Das sei kein Mann für sie, mit dem könne sie nicht zusammen leben oder gar alt werden, haben sie gesagt. Sie hat die Ratschläge der Eltern weit von sich gewiesen, ihnen Egoismus und Lieblosigkeit vorgeworfen. Es gab mit ihnen einen fürchterlichen Krach. Kathrin hat die Bodenvase an die Wand mit dem Spiegel geworfen und lauthals geschworen ihr Elternhaus nie wieder zu betreten. Ihr Vater hat mit hochrotem Kopf zurück gebrüllt: „Mit dem Kerl wollen wir dich hier auch nicht mehr sehen."

Mittlerweile tut Kathrin das alles entsetzlich leid. Sie hat erkannt, dass die Eltern sie warnen wollten. Aber sie war in diesen Mann verliebt, geblendet von seinen Schmeicheleien. Sie hat es genossen, von ihm in exklusive Bars ausgeführt zu werden und nächtelang zu tanzen. Seine Interesselosigkeit, sein großspuriges Wesen sind ihr nicht aufgefallen. Seine herrische, besitzergreifende Art hat sie als Fürsorge gedeutet. Er war so ganz anders als die jungen Männer, die sie bis dahin kannte.

Kathrin rückt den kleinen Weihnachtsbaum gerade und schmückt ihn mit roten Kugeln. Dazwischen hängt sie Glitzerketten, bunte Zuckerkringel und Playmobilfiguren für Amelie. Sie schaut kurz ins Kinderzimmer. Das kleine Mädchen liegt noch im Mittagsschlaf. Hochrote Bäckchen, Rudolph das Rentier fest an sich gedrückt, träumt sie bestimmt vom Christkind, von dem Kathrin die letzten Tage wieder und wieder erzählen musste.

Mit einem Grunzton erwacht Kathrins Mann. Er richtet sich auf, schüttelt sich und schaut auf die teure Armbanduhr.

„So'n Mist. Sag mal, warum hast du mich nicht eher geweckt?"

Er stürzt aus dem Zimmer. Aus der Dusche hört Kathrin Wasser rauschen. Wunderbar, denkt sie, es wird doch noch ein richtiges Weihnachtsfest. Sie holt die vorbereiteten Päckchen und legt sie unter den Weihnachtsbaum. Für ihn ein neues Hemd und Socken. Was auch sonst? Lesen mag er nicht. Musik lädt er sich aus dem Netz herunter. Ihm Tabak und Alkohol zu schenken lehnt sie ab. Für das Kind Bauklötze und eine Puppe. Dazu ein Päckchen von ihrer Mutter, das Hermes heute Mittag ausgeliefert hat. Wenig später kommt er herein. Ausgehfertig. Das schwarze Haar mit viel Gel zurück gekämmt, hellblaues Seidenhemd und weißer Cordanzug.

„Ich bin dann mal weg. Es dürfte spät, oder doch wohl eher früh werden."

„Bist du verrückt? Wo willst du denn jetzt hin? Es ist doch Weihnachten. Wir wollen feiern. Alles ist vorbereitet."

„Weihnachten ist gut und schön, was für Spießer. Geldverdienen geht vor. Heute ist bei uns im Club große Fete für die Stammkundschaft. Da fließen die Trinkgelder, das gibt Kohle."

Er haucht mehrmals auf den dicken goldenen Ring am kleinen Finger und poliert ihn am Jackenärmel. Seit wann hat er den denn?, denkt Kathrin. Ist mir noch gar nicht aufgefallen. Er wirkt protzig und ist hässlich.

„Und was ist mit Amelie? Sie freut sich schon die ganze Zeit auf Weihnachten."

„Das ist doch kein Grund. Dann kriegt sie ihre Geschenke eben morgen."

Das Kind ist wach geworden, läuft auf ihn zu, umklammert sein Bein.

„Papa spielen."

„Lass los. Heute nicht. Mach mich nicht schmutzig, hörst du."

Er löst ihre Händchen und schiebt sie zur Seite. Amelie beginnt zu weinen. Kathrin nimmt das Kind in den Arm, wiegt es tröstend hin und her. Durch die geöffnete Zimmertür sieht sie ihren Mann. Beobachtet, wie er im Flur selbstverliebt in den Spiegel schaut, den Kragen am Hemd zurecht zupft, die Haare zurück streicht. Die Tür fällt ins Schloss.

Kathrin zündet die Kerzen am Baum an und zeigt Amelie, was das Christkind gebracht hat. Sie öffnet das Päckchen von ihrer Mutter. Zuoberst liegt eine Karte mit dem Bild der Heiligen Familie. Maria hält das neu geborene Jesuskind im Arm. Josef beugt sich beschützend über beide, darüber strahlt der Stern von Bethlehem. Auf der Karte steht mit der Handschrift ihrer Mutter. ‚Frohe Weihnachten, für dich und mein Enkelkind. Wann kommst du uns endlich einmal besuchen? Ich warte täglich auf euch. Wir lieben dich doch. Kannst du uns immer noch nicht verzeihen? In Liebe deine Mutter.'

Kathrin werden die Augen feucht. Vorsichtig löst sie die Schleife vom Geschenk, ein geschnitzter Engel hängt daran. So schön etwas zu verpacken, das kann niemand so wie Mama. Aus dem mit goldenen Sternen bedruckten Papier schält sie einen Pashminaschal. Blaugemustert, federleicht und ganz weich, aus hundert Prozent Kaschmir. Bildschön. Wie gut sie mich kennt, denkt Kathrin Dazu eine CD mit Entspannungsmusik. Für die Kleine ein Bilderbuch und einen bunt geringelten Pullover. Sie setzt sich zu Amelie auf den Teppich und stapelt mit ihr Bauklötze. Aber sie ist nicht bei der Sache. Abrupt steht sie auf, holt ihr Handy und wählt die Nummer der Taxizentrale.

Das Taxi hält vor dem elterlichen Haus. Eingang und Flur sind hell erleuchtet, in der offenen Haustür steht ihr Vater. Kathrins Mutter ist gerade dabei, das Garagentor zu öffnen. Kathrin hört den Vater rufen:
„Aber du kannst doch nicht einfach so weg fahren, mich heute Abend hier allein lassen?"
„Doch, kann ich. Du hast deine Zeitung und der Kühlschrank ist gut gefüllt. Ich muss zu meiner Tochter."
„Mama", ruft Kathrin, „hallo Mama!"
Sie umarmen sich. „Endlich", hört Kathrin ihre Mutter flüstern. „Fröhliche Weihnachten für uns"

Kasimir rettet den Weihnachtsmann

Wohlgemut besteigt der Weihnachtsmann den Rentierschlitten. Es ist seine letzte Tour in dieser Saison. Dann beginnt die Sommerpause. Seine redlich verdienten Ferien will er inkognito in der Karibik an einem Badestrand verbringen. Statt roter Pudelmütze und dem pelzbesetzten warmen Mantel – Badehose, Sonnenbrille,. Baseballkappe. Statt Schlittenfahren – Wasserski. Er freut sich schon richtig darauf. Wie gesagt, heute erst noch die letzte Tour. Sein Fahrplan ist bis auf drei Ortschaften schon fast abgearbeitet. Aber in denen gibt es nicht so viele Kinder. Der Schlitten ist praktisch leer, der große Sack auch nicht mehr so schwer und die Rentiere traben leichtfüßig voran. Entspannt und voller Vorfreude auf seine Ferien döst der Weihnachtsmann vor sich hin. Plötzlich stoppt der Schlitten abrupt. Nanu, was ist denn da los? Gerade erst sind sie durch den Wald gefahren, das Ziel kann noch nicht erreicht sein. „Hüh" ruft er, „hüh" und zieht an den Zügeln, die er sonst nie benötigt. Aber die Rentiere rühren sich nicht, stur bleiben sie stehen. Zu ärgerlich. Dabei sieht er vor sich in der Ferne schon die ersten Häuser. Das ist doch nun wirklich nicht mehr weit. Drei bis vier Kilometer, höchstens fünf, schätzt er. Was haben die blöden Rentiere denn nur? Ächzend steigt er vom Schlitten und reibt sich verdutzt die Augen. Der Schnee ist zu Ende. Vor ihm ein matschiger Feldweg, rechts und links grüne Wiese, leicht bestäubt von Raureif. Kein Gedanke daran, hier mit dem Schlitten weiter zu fahren. Da hat die himmlische Leitstelle wohl völlig versagt. Unglaublich. Bei der Routenplanung haben die ihm leichtgängigen Neuschnee und festgefahrene, nicht zu glatte gespurte Feldwege ausgewiesen, also geradezu ideale Bedingungen. Da hat er seinen Rentieren aber Unrecht getan. Eine Entschuldigung murmelnd tätschelt er ihren Hals. Was nun? Soll er umkehren? Die Päckchen irgendwo am Weg ausliefern oder für nächstes Jahr aufbewahren? Das geht nicht. Dann würden die Kinder in Ober-, Unter- und Mittelhausen unbeschenkt bleiben. So etwas widerspricht jeder Weihnachtsmannehre. Auch die Gewerkschaft der himmlischen Angestellten und Arbeiter würde das missbilligen. Er heißt die Rentiere sich still zu verhalten und unter den Bäumen auf ihn zu warten. Dann geht er los. Unweit des Waldrandes liegt ein Gutshaus, umgeben von Stallgebäuden, Wiesen und Weiden. Offenbar gibt es hier keine Kinder, denn das Anwesen steht nicht auf seiner Liste. Aber der hohe Tannenbaum voller brennender Kerzen in der Mitte des Hofes zeigt an, dass auch hier Weihnachten gefeiert wird. Die können mir ganz bestimmt helfen, denkt der Weihnachtsmann und schreitet zügig aus.

Im Reiterhof Grünaue herrscht reger Betrieb. Zwar gibt es heute am Heiligen Abend keine Hausgäste. Aber es muss alles für den ersten und zweiten Feiertag vorbereitet werden. Stammgäste haben sich bis Neujahr angesagt. Das Personal rotiert, schmückt die Halle mit frischem Tannengrün und Girlanden. Die Ställe werden ausgemistet, die Pferde gestriegelt, Zaum- und Sattelzeug mit Lederwichse eingerieben und so lange poliert bis alles glänzt. In den Boxen stehen die Pferde aufgeregt und gespannt, angesteckt von all der Betriebsamkeit um sie herum. Nur im Verschlag ganz hinten bleibt es ruhig. Dort haust Kasimir, ein betagter Esel, schon weiß um die Schnauze und ziemlich steifbeinig. Die edlen Reitpferde blicken hochmütig auf ihn herab. Sie verachten ihn und mögen es gar nicht, dass er mit ihnen den Stall teilt. Im Sommer auf der Wiese halten sie immer Abstand zu ihm. Mit so einem zu reden ist unter ihrer Würde. Jedoch Kasimir schert das nicht. Er genießt die Sonne auf seinem Fell, den Duft der Blumen, knabbert an Kräutern und ist es zufrieden. Aber die Kinder lieben ihn.

Der Weihnachtsmann zieht an der Glocke neben der Haustür. Der Gutsherr öffnet und blickt erstaunt auf den Ankömmling.

„Weihnachtsmann, ein richtiger Weihnachtsmann? Ich dachte, den gibt es gar nicht, der wäre nur eine Erfindung für Kinder?"

„Doch, mich gibt es. Du siehst es selbst, ich bin ganz real und brauche Hilfe."

„Komm erst mal rein und trink einen Kaffee oder wenn es dir lieber ist einen Tee mit uns."

Laut ruft er dann: „Maria, Lena, Petra, Thomas und Markus, kommt schnell alle her, holt auch die Pferdepfleger aus dem Stall. Ihr werdet es nicht glauben, wer hier ist."

Es wird eine richtig gemütliche Kaffeerunde mit Weihnachtsplätzchen und Dresdner-Stollen. Alle sind unglaublich aufgeregt. Sie bestürmen den Weihnachtsmann, löchern ihn mit Fragen über seine Tätigkeit solange, bis dieser ausruft:

„Nun aber Schluss jetzt. Ich muss weiter, aber ich kann nicht weiter und deshalb bin ich hier."

Er schildert sein Missgeschick. Ratlose Gesichter.

„Mit dem Mercedes ist der Juniorchef in der Stadt zum Einkaufen, der wird nicht so bald zurück erwartet. Für den Traktor haben wir keinen passenden Hänger. Die für die Pferde können wir nicht anhängen. Was haben wir noch?"

Der Gutsherr schaut in die Runde. Lena bietet ihren Smart an, aber der ist zu klein, er hat praktisch keinen Kofferraum. Das Motorrad geht auch nicht, wie soll der Weihnachtsmann da die Pakete und den Sack befördern? Der Reitlehrer meint, „Pferde haben wir ja genug in den Boxen, aber es sind Reitpferde. Ich weiß nicht ob die einen

Wagen ziehen können, außerdem haben wir keinen."

Es wird hin und her überlegt. Da hat Maria die rettende Idee:

„Kasimir. Unser Esel. Der hat früher die Kinder mit dem Bollerwagen durch die Gegend gezogen. Sicher weiß er noch wie es geht. Der Wagen steht irgendwo rum, ich habe ihn die Tage erst gesehen."

Kasimir weiß nicht wie ihm geschieht, als er aus dem Stall geholt und vor das Wägelchen gespannt wird. Erwartungsvoll scharrt er mit den Hufen, bewegt die Ohren und lässt versuchsweise erst ein leises und dann ein lautes, kräftiges „Iaaah" hören. Die Pferde stecken neugierig die Köpfe aus dem Stallfenster und machen lange Hälse. Sie trauen ihren Augen nicht. Da steht mitten auf dem Hof der Weihnachtsmann, nimmt Kasimir am Zügel und geht mit ihm davon.

Am Waldrand lädt der Weihnachtsmann den Sack auf und macht sich mit Kasimir auf den Weg. Der schreitet stolz und würdevoll im Bewusstsein seiner Bedeutung einher. Dem Weihnachtsmann die Geschenke zu befördern, das hat vor ihm noch keiner seiner Ahnen getan. Nun ja, vor über zweitausend Jahren hat einer aus seiner Sippe das neugeborene Christuskind mit seinem Atem gewärmt. Außerdem ist Jesus auf einem Esel in Jerusalem eingeritten, aber das ist eine andere Geschichte. Dem Weihnachtsmann ist es recht so.

Zwar geht es zu Fuß nicht so schnell und komfortabel wie mit dem Schlitten, aber ein bisschen Bewegung kann nicht schaden. Für ihn ist nur wichtig, dass er die Geschenke pünktlich ausliefern kann.

Am Abend kommt Kasimir allein zum Reiterhof zurück. Im Wagen liegt für jeden ein Päckchen. Das stammt aus dem Vorrat für unerwartete Fälle. Ein Zettel liegt daneben. Darauf steht in großen schwungvollen Buchstaben: „Herzlichen Dank für eure Hilfe. Ein frohes Fest wünscht euch der Weihnachtsmann."

Kasimir avanciert zum Star des Reiterhofs. Keines der Pferde sieht jemals mehr mitleidig oder hochnäsig auf ihn herab. Auf der Wiese drängen sich alle um ihn und sie wollen immer wieder die Geschichte hören wie er dem Weihnachtsmann geholfen hat.

Der Weihnachtshund

Franz war ein Einzelgänger. Er lebte am Stadtrand, allein mit seinen Büchern und seiner Musikanlage. Dreimal in der Woche kam eine Frau, die für ihn kochte, putzte und die gesamte Wäsche machte. Sie versorgte ihn gut. Er sprach selten mit ihr. Nicht aus Unfreundlichkeit, es ergab sich einfach nicht. Heute und die nächsten beiden Tage kam sie nicht, es war Weihnachten. Franz störte das nicht. Von dem Weihnachtsrummel ließ er sich überhaupt nicht anstecken. Nur Anna, so hieß die Frau, bekam von ihm einen Umschlag mit einem Schein. Sie hatte für ihn vorgekocht und ihm eine Schale mit selbst gebackenen Plätzchen hingestellt. Heiligabend bedeutete Franz nichts. Er verstand nicht, warum von allen so viel Wirbel darum gemacht wurde. Menschen hasteten im Kaufrausch umher, schleppten Einkaufstüten, Kartons und Tannenbäume. Das alles brauchte er nicht. Er saß bequem in seinem Ohrensessel, hörte italienische Opernarien und las. Zwischendurch knabberte er von Annas Plätzchen, die ihm – das musste er zugeben – sehr gut schmeckten.

Den ganzen Nachmittag hat es geschneit. Da musste er jetzt wohl raus, um vor seinem Grundstück den Schnee weg zu kehren. Ärgerlich, er hatte überhaupt keine Lust dazu. Aber als

Oberstudienrat, wenn auch jetzt im Ruhestand, war er immer noch pflichtbewusst und diszipliniert. Widerwillig verließ er seinen gemütlichen Sessel und machte sich mit Schneeschaufel und Besen an die Arbeit. Er schob den Schnee vom Bürgersteig und kehrte anschließend mit dem Besen darüber. Geschafft. Er stampfte mit den Füßen, um den Schnee von den Sohlen zu lösen und freute sich auf sein warmes Zimmer und ein Glas Rotwein.

Was war das? Er stutzte und lauschte. Da war ein schwaches Winseln. Es kam unten aus der Hecke. Franz ging in die Hocke. Zunächst sah er nur ein Häufchen Schnee und Laub. Wieder dieses Winseln, etwas bewegte sich. Vorsichtig schob er Schnee und Laub zur Seite und erblickte einen Rauhaardackel, zitternd und in sich zusammen gekrochen. Er hob das Tier hoch und nahm es mit hinein. In der Küche setzte er es auf die Arbeitsplatte und rieb es trocken. Am linken Hinterbein bemerkte er Blut, es war eine tiefe Fleischwunde. Ganz vorsichtig säuberte er die Stelle und tastete, ob das Bein gebrochen war. Franz war ausgebildeter Rettungssanitäter und in Erster-Hilfe geschult. Das kam ihm jetzt zugute. Es tat dem Hund bestimmt weh, aber er fiepte nur leise und stupste seine Schnauze in Franz' Hand. „Ruhig mein Kleiner, das muss jetzt sein, gleich wird es besser. Du hast Glück, nichts ist gebrochen. Ich mache dir jetzt einen Verband und bald kannst du wieder herum springen." Ob der Hund Hunger hatte? Franz kratzte sich am Kopf. Hundefutter hatte er natürlich nicht. Kritisch musterte er den Inhalt des Kühlschranks. Dann schmierte er ein Brot mit Leberwurst, schnitt es in kleine Stücke und hielt sie dem Hund vor die Nase. Erst schnupperte er nur, verschlang dann aber gierig Stückchen für Stückchen. „Willst du noch mehr?" Auch das zweite Brot fraß er auf.

Der Hund veränderte das Leben von Franz. Der musste sich nun regelmäßig um das Tier kümmern. Bei den Mahlzeiten war er nicht mehr allein. Der Hundenapf stand in der Ecke und wenn Franz aß, begann auch der Hund – er nannte ihn Tasso – zu fressen. Die Wunde heilte schnell. Täglich ging Franz mit dem Hund spazieren. Er kam dabei wie selbstverständlich mit Nachbarn ins Gespräch. Sei es, dass diese selbst Hundebesitzer waren, sei es, dass sie den niedlichen Kleinen bewunderten. Franz ging immer die gleiche Runde. Die Straße hinunter bis dahin, wo die Felder begannen, am Waldrand entlang und wieder zurück. Er warf Stöckchen und Tasso preschte hinterher, um sie zurück zu bringen. Ihrer beider Lieblingsspiel war Schneebälle fangen. Franz machte einen nicht zu festen Schneeball, warf ihn möglichst hoch in die Luft und Tasso sprang danach, um ihn noch in der Luft zu schnappen. Meistens zerplatzte der Schneeball auf der Nase des Hundes und der

Schnee spritzte nach allen Seiten. Das mochte Tasso. Er wälzte sich danach im Schnee und kam schwanzwedelnd herbei gesprungen und erbettelte einen neuen Schneeball. Dabei kam Franz mit einer Frau ins Gespräch, die einen behäbigen Boxer ausführte.

„Ein tolles Spiel, das macht ihrem Hund aber Spaß, er lacht ja richtig", sagte sie. „Mein Bruno ist dafür zu alt, er kann nicht mehr so wild herumtoben".

War es zufällig oder beabsichtigt? Fast jeden Tag trafen sie sich beim Spaziergang mit ihren Hunden. Franz fand Frau Hälwig sehr sympathisch. Sie war ehemalige Apothekerin und lebte allein am anderen Ende der Straße in einem Reihenhaus. Er hatte ihr natürlich erzählt, wie er an Tasso geraten war und profitierte gerne von ihrer Erfahrung mit Hunden.

Eines Tages, Tasso war nun schon über sechs Wochen bei ihm, schien Frau Hälwig bekümmert. „Schauen Sie, hier", sagte sie und zog aus ihrer Manteltasche ein verknittertes DIN A4 Blatt in einer Prospekthülle. In fetter Überschrift stand dort ‚Gesucht' und darunter war das Foto eines Hundes. Foto und Beschreibung passten auf Tasso. Der gesuchte Hund hieß Axel. Am Heiligen Abend hatte ihn ein Auto angefahren und er war unter Schock weggelaufen. Der Finder wurde gebeten sich zu melden. Es waren die Adresse in einem Vorort und eine Telefonnummer angegeben.

„Ich war gestern dort in der Nähe eingeladen. Auf dem Parkplatz hing diese Suchmeldung am Baum. Ich dachte sofort an Tasso. Tut mir leid."

„Das muss Ihnen nicht leid tun. Bestimmt ist die Freude groß, wenn der Hund zurück kommt. Ich rufe gleich an."

Zu Hause füllte Franz den Hundenapf. „Tja Tasso, oder besser Axel, wie du richtig heißt, da müssen wir uns wohl leider trennen". Dann wählte er die angegebene Telefonnummer. Am anderen Ende antwortete eine kindliche Jungenstimme. Kaum hatte Franz erklärt um was es ging, hörte er einen Jubelschrei, „Mama, Mama, Axel ist wieder da." Wenig später kamen sie. Mutter und Sohn. Den Jungen schätzte Franz auf sechs, sieben Jahre. Gerührt sah er zu, wie der immer wieder den Hund umarmte, während dieser wild mit dem Schwanz wedelte und an dem Kind hoch sprang. Finderlohn oder den Ersatz der Futterkosten lehnte Franz entschieden ab.

„Sie glauben gar nicht, was mir der Hund für Freude gemacht hat. Das ist mehr als genug."

Am Abend saß Franz in seinem Lieblingssessel und las. Er war unkonzentriert, etwas fehlte ihm. Kein leises Schniefen, keine Hundeschnauze, die ihn stupste, kein Tasso, den er im Nacken kraulen konnte. Seine Wohnung kam ihm ungewöhnlich leer vor. Franz überlegte. Dann holte er das Telefonbuch mit den gelben Seiten und schrieb sich die Tierheime der Umgebung heraus. Er wird Frau Hälwig bitten, ihn zu begleiten und ihm zu helfen, einen geeigneten Hund auszusuchen.

Anschließend wird er sie beim Italiener zum Essen einladen.

Weihnachtsabend

24. Dezember. Elisabeth erledigt letzte Einkäufe. Käse, Baguette und von der Fleischtheke noch frisches Tatar. Den Baum, eine 1,50 m hohe Silbertanne, hat sie schon gestern geschmückt. Es fehlen nur noch ein paar Kerzen. Zu Hause. Sie legt rasch zwei weihnachtlich verpackte Päckchen unter den Baum und deckt den Tisch. Es ist alles vorbereitet. Der Prosecco vorgekühlt, der fertige Krabbensalat im Kühlschrank, dazu Baguette. Sie richtet das Tatar in einer Silberschüssel mit einem Büschel Petersilie an. Im Schlafzimmer zieht sie sich um: neue schwarze Samthose, dazu die goldfarbene Seidenbluse und die Pumps mit den höheren Absätzen. Dezentes Make-up und zwei Tropfen Chanel Nr.5. Ein prüfender Blick in den Spiegel. Trotz der neuen Strähnen werden sich die grauen Haare nicht mehr lange verbergen lassen. Fertig. Sie schiebt die CD mit Weihnachtsliedern in den Player und der Tölzer Knabenchor singt: ‚Oh du fröhliche'. Elisabeth nimmt aus der Vitrine das gläserne Glöckchen, bimmelt, öffnet die Tür zum Nebenzimmer weit und ruft:

„Komm Daisy, das Christkind war da."

Schwanzwedelnd kommt Daisy angesprungen, eine rotblonde Yorkshireterrier-Hündin, um den Hals eine knallrote Schleife im seidenen Fell. Elisabeth

tätschelt den Hund und öffnet ein Päckchen.
„Schau nur, das schöne rote Lederhalsband mit den
Glitzersteinen und eine neue Leine, und hier ...“
– Elisabeth packt das zweite Päckchen aus –
„... ein warmes rot-grün kariertes Mäntelchen mit
Kapuze. Da brauchst du in der Kälte nicht mehr zu
frieren. Und jetzt such, such feine Leckerlis.“
Daisy läuft schnüffelnd um den Baum herum. Sie
findet zwei Hundepralinen und einen Kauknochen.
Damit lässt sie sich auf dem Teppich nieder. ‚Vom
Himmel hoch da komm ich her‘, singt jetzt der
Chor. Elisabeth läuft in die Küche, holt den
Krabbensalat und das Baguette. Neben ihrem Stuhl
breitet sie auf dem Boden ein Weihnachtsdeckchen
aus und stellt darauf die Schüssel mit dem Tatar.
Sie öffnet den Prosecco, gießt ein Glas ein und
setzt sich an den Tisch. Sie zerkrümelt ein Stück
Baguette in der Hand, stochert im Krabbensalat,
nippt am Glas und fängt bitterlich an zu weinen.

*Eigentlich ist die Geschichte hier zu Ende. Aber
Weihnachtsgeschichten sollten gut ausgehen, ein versöhnliches
Ende haben. Daher geht es weiter:*

Inzwischen ist auch ‚Stille Nacht, Heilige Nacht‘
verklungen, die CD ist zu Ende. Daisy hat ihr Tatar
aufgefressen und läuft leise kläffend zwischen Tür
und Tisch hin und her. Immer wieder stupst sie mit
der Nase Elisabeth ans Bein. Schließlich hebt diese

seufzend den Kopf. „Ach so, du musst raus." Sie zerrt sich schnell Bluse und Samthose vom Leib, schleudert die Pumps in die Ecke, holt Jeans und einen dicken Pullover, dazu Wollsocken aus dem Schrank.

„Scheißweihnachtsabend, das Einzige was man machen kann, ist mit dem Hund um den Block gehen."

Sie löscht die Kerzen am Baum, legt Daisy das neue Halsband um und zieht ihr das Mäntelchen an. Sie holt sich den dicken Anorak, die gefütterten Boots und stapft los. Es ist klirrend kalt. Durch die Fenster des Wohnblocks leuchten geschmückte Weihnachtsbäume. Während Elisabeth durch den Vorgarten geht, kommen ihr schon wieder die Tränen. In einem Haus am Ende der Straße öffnet sich die Tür, ein grauer Schnauzer stürmt heraus zum nächsten Baum. Als er fertig ist rennt er mit großen Sprüngen auf Daisy zu. Elisabeth nimmt ihren Hund schnell auf den Arm und schreit:

„Weg, weg da!"

Hinter dem Hund kommt ein älterer Mann auf Elisabeth zu.

„Der Hund tut nichts, er will nur spielen."

Elisabeth schaut skeptisch.

„Doch, ganz bestimmt. Bobby freut sich, wenn er einen anderen Hund trifft, es gibt hier so wenige. Meistens ist er allein."

Elisabeth glaubt noch ein ‚so wie ich' zu hören, aber sie kann sich auch getäuscht haben. Behutsam setzt sie Daisy auf den Boden, jederzeit bereit, sie sofort wieder hoch zu nehmen. Die beiden Hunde beschnüffeln sich vorsichtig, kreisen einige Male umeinander und jagen dann über die verschneite Wiese.

„Sehen Sie, wie gut die sich vertragen? Das ist ein richtig schönes Weihnachten für Bobby."

Während Daisy und Bobby zusammen herum toben, folgen ihnen Elisabeth und Hartmut Schneider, so hat er sich vorgestellt, langsam. Sie unterhalten sich, als würden sie sich schon lange kennen. Er ist pensionierter Lehrer, verwitwet und verbringt den Weihnachtsabend auch allein. Für Bobby hat es zur Feier des Tages einen dicken Fleischknochen und eine Wurst gegeben. Er selbst will sich nachher eine Tiefkühlpizza aufbacken. Schnell ist eine dreiviertel Stunde vergangen. Es wird immer kälter. Sie rufen die Hunde. Als sie vor Elisabeths Haustür stehen sagt sie spontan:

„Kommen Sie doch mit. Ich habe noch reichlich Krabbensalat, Käse, Brot und eine fast volle Flasche Prosecco."

„Sehr gern. Es ist so kalt; ich hole schnell meinen Rotwein und Gewürze, dann mache ich uns einen schönen heißen Glühwein."

Es dauert nicht lange, dann klingelt es. Hartmut Schneider kommt, begleitet von Bobby, in der Hand trägt er einen Korb.

„Ich habe noch einen Stollen mitgebracht, den hat meine Tochter gebacken. Ich habe ihn zwar noch nicht probiert, aber so wie ich sie kenne ist er bestimmt gut."

Während Elisabeth die Kerzen am Baum wieder anzündet, bereitet Hartmut Schneider in ihrer Küche den Glühwein und summt leise: ‚Oh du fröhliche'. Sie essen, trinken und unterhalten sich angeregt bis in die frühen Morgenstunden.

Die Hunde liegen eng aneinander geschmiegt auf Daisys Decke und schnarchen leise.

Die wundersame Wandlung
des Friedhelm B.

Zweiter Advent. Die Menschen schieben sich durch die Straßen, nutzen den verkaufsoffenen Sonntag, um Weihnachtsgeschenke für ihre Lieben einzukaufen. Auf allen Plätzen in der Stadt leuchten Weihnachtsbäume. Weißbärtige, rot bemantelte Weihnachtsmänner lassen ihr dröhnendes Hohoho erschallen. Sie stehen vor Kaufhäusern, drohen Kindern mit der Rute und verteilen Schokolade. Von früh bis spät erklingen Weihnachtslieder. Weihnachtsmärkte bieten ihr festliches Sortiment an: Christbaumschmuck, Engelfiguren, Stollen und Plätzchen. In den Fenstern brennen Kerzen. Die Haustüren sind mit Weihnachtskränzen und Tannenzweigen geschmückt.

Bei Dorothee leuchten in den Fenstern weder Kerzen noch Sterne, es sieht aus wie immer. Friedhelm, ihr Mann, hasst Weihnachten. Reine Konsumschlacht, die Leute sollen zum Kaufen von unnützem Zeug verführt werden, ereifert er sich. Wozu Weihnachtsbäume? Tannen gehören in den Wald, nicht auf die Straße und in überheizte Zimmer. Im Haus verlieren sie schnell die Nadeln, die werden dann in der ganzen Wohnung rumgetrampelt. Absolut unökologisch. Und dieser Dekorationsfimmel überall. Grauenvoll. Dass du mir da ja nicht mit machst, pflegt er immer wieder zu sagen, und er meint es ernst. Für ihn ist das alles sentimentalitätsbeladener Quatsch. Deshalb gibt es bei Dorothee keinen Tannenstrauß, keine Kerze, nichts. Natürlich auch keine Geschenke. Zu Beginn ihrer Ehe hatte sie oft versucht ihren Mann umzustimmen In einer Bodenvase drapierte sie Tannenzweige mit Kugeln und Kerzen. Sie stellte eine Schale mit Äpfeln und Gebäck auf den Tisch. Aber Friedhelm räumte alles weg, warf den Strauß mit allem was daran hing in den Müll. Inzwischen hat Dorothee resigniert. Alle Versuche Friedhelm zu ändern hat sie längst aufgegeben.

Sie hört die Gartentür quietschen und schaut auf die Uhr, halb zwei. Friedhelm macht sich jetzt mit dem Fahrrad auf den Weg. An jedem freien Tag und bei jedem Wetter fährt er Kilometer weit, um sich fit zu halten. Zwei Stunden hat sie jetzt für sich. Sie setzt Teewasser auf. Aus der hinteren Ecke des Kleiderschranks holt sie einen Keramikengel und einen geschnitzten vierarmigen Leuchter aus dem Erzgebirge. Sie stellt beides auf den Tisch und zündet zwei Kerzen an. Dann öffnet sie das Päckchen, das ihre Schwester Ingeborg wie jedes Jahr zum Advent geschickt hat. Friedhelm weiß nichts davon, darf es auch nicht wissen. Liebevoll verpackt in Weihnachtspapier mit roten Schleifen, Tannenzweige dazwischen gelegt, enthält es ein Fläschchen Parfum, vier Sorten selbstgebackene

Plätzchen, Marzipan und einen kleinen Stollen. Eine Weihnachtskarte spielt beim Aufklappen ‚Stille Nacht, heilige Nacht'. Dorothee ist gerührt. Im Radio sucht sie Weihnachtsmusik. Sie trinkt ihren Tee, knabbert dazu Ingeborgs Plätzchen und schaut in den winterlichen Garten. Schnee bedeckt die Hecke, Bäume und Sträucher. Auf dem Nachbargrundstück steht eine Tanne. Die ist ihr Weihnachtsbaum. Dorothee sieht auf die Uhr, schon vier. Sie löscht die Kerzen, verstaut Leuchter, Engel und das Päckchen wieder im Kleiderschrank. Friedhelm wird gleich zurück sein, duschen und dann mit ihr Tee trinken. Sie setzt sich ans Fenster und schaut auf die Tanne. Auf einmal schreckt sie hoch. Rrrhhh, rrrhhh läutet das Telefon. Ist sie eingenickt? Draußen ist alles dunkel. Wo bleibt Friedhelm? Rrrhhh, erneut das Telefon. Sie hebt ab. Eine Frauenstimme.

„Hier ist das Kreiskrankenhaus der Johanniter. Schwester Marianne am Apparat. Sind Sie Frau Berger?"

Dorothee bejaht atemlos.

„Kein Grund zur Aufregung. Ihr Mann hatte einen Unfall. Nichts Bedrohliches, ein gebrochenes Bein und eine leichte Gehirnerschütterung. Allerdings muss er einige Tage bei uns bleiben."

Dorothee packt schnell Schlafanzug, Handtücher, Hausschuhe und Waschzeug zusammen und eilt damit ins Krankenhaus. Mit blassem Gesicht und spitzer Nase schaut ihr Friedhelm aus dem Bett entgegen.

„Schön, dass du kommst. Tut mir leid, was passiert ist. Ich bin auf glatter Straße ausgerutscht und mit dem Rad gestürzt."

Heiligabend. Dorothee kauft ein. Auch wenn nichts in ihrer Wohnung an Weihnachten erinnert, sie wird Gänsebrust mit Klößen machen. Friedhelm ist wieder zu Hause. Er hat einen Gehgips und kann sich mit Hilfe einer Krücke schon gut bewegen. Das ist ein Grund zum Feiern. Während sie in der Küche Klöße formt und das Fleisch für den Backofen vorbereitet hört sie die Türklingel.

„Lass nur," ruft Friedhelm, „ich geh schon."

Nach einiger Zeit steckt er den Kopf durch die Küchentür.

„War ein Päckchen für die Nachbarn, ich hab's angenommen", berichtet er.

Endlich ist der Braten im Ofen. Jetzt ist Zeit für die übliche Teestunde. Wenn Friedhelm auch nichts von Weihnachten hält, Printen, Spekulatius und Marzipan isst er trotzdem gern. Sie öffnet die Tür zum Wohnzimmer. Vor Verblüffung fällt ihr fast das Tablett aus der Hand. Da steht wahrhaftig ein Weihnachtsbaum mit roten Kugeln, goldenen Sternen und brennenden Kerzen. Der Anblick treibt ihr Tränen in die Augen. „Oh Friedhelm" stammelt sie, „wieso? Wo du doch all die Jahre ..." Dorothee ist überwältigt. Friedhelm humpelt auf sie zu und führt sie zum Sofa. Während Dorothees Augen am Weihnachtsbaum hängen erzählt er:

„Bei meinem Unfall am zweiten Advent war es ziemlich kalt und windig, du erinnerst dich. Um etwas geschützt zu sein bin ich die Straße durch den Wald gefahren. In einer Kurve rutschte das Rad, ich stürzte kopfüber in den Graben. Erst war ich kurz weg. Als ich wieder zu mir kam und aufstehen wollte, merkte ich, dass ich im Schnee feststeckte. Mein Bein tat höllisch weh, das Rad lag irgendwie quer über mir, ich konnte mich nicht bewegen. Ich wollte rufen, schreien. Aber wer konnte mich schon hören. Ich hoffte, dass du mich vermissen und suchen würdest. Aber das konnte dauern, schließlich war ich noch nicht lange unterwegs. Es wurde immer kälter. Dann hatte ich Halluzinationen. Ich sah eine Gestalt in rotem Mantel, mit Pelzmütze und langem weißen Bart. Er sah genau so aus, wie der Weihnachtsmann in den Bilderbüchern meiner Kindheit. Eine tiefe Stimme sprach zu mir: ‚Ruhig, ruhig, alles wird gut‘.“

„Mein Gott“, sagt Dorothee „und ich saß zu Hause, war eingenickt und hatte keine Ahnung. Du hättest erfrieren können.“

„Ja, das hätte ich wirklich, wenn er mich nicht entdeckt hätte, der Weihnachtsmann.“

Dorothee schaut fragend.

„Mein Retter war Herr Neuhaus, der für eine Eventagentur als Weihnachtsmann arbeitet. Er war zur Weihnachtsfeier im Kindergarten unterwegs. Er hat mich am Straßenrand gefunden, ausgegraben und sofort einen Krankenwagen gerufen. Im Krankenhaus hat er mich zweimal besucht. Wir haben uns lange unterhalten. Er hat mir von seinen Auftritten auf den Weihnachtsfeiern erzählt, von den Menschen, die er dabei getroffen hat und was denen Weihnachten bedeutet. Die Gespräche mit ihm haben mich sehr berührt."

Friedhelm greift hinter das Sofakissen. „Hier für dich." Er zieht einen Karton hervor, verpackt in Weihnachtspapier, mit goldenen Schleifen und einem angehängten Engel. Dorothee fehlen die Worte. Sie packt aus: ein Geschenkkarton mit Parfum, Hautcreme, Duschgel, Bodylotion und einem Gästetuch. Gerührt umarmt sie Friedhelm. „Ist von Douglas, musste ich mir besorgen lassen, konnte ja nicht weg. Ebenso den Baum. Den hat vorhin der Christbaumservice geliefert, komplett dekoriert."

„Er ist wunderschön", sagt Dorothee.

„Finde ich auch. Aber im nächsten Jahr suchen wir zusammen einen aus und schmücken ihn dann gemeinsam."

Peter und der Schneemann

Der erste Advent. Noch vier Wochen bis Weihnachten. Peter steht am Fenster und sieht hinaus. Jeden Morgen wenn er aufwacht ist das sein erster Weg. Noch im Schlafanzug läuft er auf bloßen Füßen zum Fenster und schaut, ob es geschneit hat. Nichts, wieder nichts. Wann schneit es denn endlich? In allen Weihnachtsgeschichten und auf den Bildern in seinem Lesebuch gibt es im Dezember Schnee, fahren Kinder auf dem Schlitten den Berg hinunter, bauen Schneemänner und liefern sich Schneeballschlachten. Die Erwachsenen sagen, es ist zu warm, der Klimawandel ist schuld, dass es immer weniger Schnee gibt. Peter stellt sich den Klimawandel als einen Riesen vor, der den Schnee auffrisst und mit warmem Atem dafür sorgt, dass es nicht schneit, sondern regnet, so wie jetzt. Die Mutter tröstet ihn.

„Wir fahren doch Weihnachten in Opas Hotel. Oben in der Steiermark liegt immer Schnee, du kannst dort jeden Tag Ski fahren."

Peter will aber nicht Ski fahren, er möchte im Garten einen Schneemann bauen mit großen dunklen Augen, roter Nase und einem schwarzen Schlapphut. Keinen Zylinder, so einen tragen alle Schneemänner. Das sieht viel zu ernsthaft aus. Den Hut hat er schon. Der lag neulich am Marktplatz beim Sperrmüll. Peter hat ihn auf seinem Heimweg von der Schule entdeckt und schnell eingesteckt. Dann – der zweite Advent ist vorbei – beginnen erste Flocken zu fallen. Spärlich, aber stetig und am Morgen ist die Wiese hinter dem Haus weiß. Zwar schauen noch Grashalme hervor, aber es ist Schnee, unzweifelhaft Schnee. Am nächsten Tag sind es zwei oder vielleicht sogar drei Zentimeter. Peter hat sorgfältig mit dem Lineal aus seinem Federmäppchen nachgemessen. Nun beginnt er voller Begeisterung mit dem Schneemannbau. Er klaubt Hände voll Schnee zusammen, rollt und knetet und rollt wieder. Vor Eifer hat er schon ganz rote Backen. Und der Schneemann wächst. Aus drei zunächst tennisballgroßen Kugeln werden schließlich Fußbälle, nicht in echt, der Form nach, versteht sich. Schließlich ist der Schnee rundum verbraucht und das Werk fertig. Groß ist der Schneemann nicht, er reicht Peter knapp bis zur Brust. Zwei Korken, die Peter kräftig im Ruß einer Kerze geschwärzt hat, sind die Augen. Für die rote Nase hat er die dickste und längste Mohrrübe genommen, die er bei der Gemüsefrau am Markt finden konnte. Und nun die Krönung: er setzt den Schlapphut auf. Oh weh, der Hut ist zu groß, er rutscht über die Ohren und der Schneemann kann nichts mehr sehen. Aber Peters Mutter weiß Rat. „Stopf den Hut mit Alufolie aus, dann hält er." Peter betrachtet sein Werk. Richtig fesch sieht der

Schneemann mit dem flotten Hut aus. Ich werde ihn Leopold nennen, denkt Peter, das ist ein richtiger Schneemannname, Leopold. Wenn Peter morgens zur Schule geht läuft er immer am Schneemann vorbei und ruft:

„Guten Morgen Leopold, bis heute Mittag."

Am Nachmittag erzählt er ihm, was er in der Schule gelernt hat. Leopold hört immer aufmerksam zu und schaut mit seinen schwarzen Augen Peter konzentriert an.

Noch fünf Tage bis Weihnachten und noch zwei Tage bis zu den Weihnachtsferien, da geschieht es. Regen, nicht besonders heftig, aber anhaltend. Als Peter aus der Schule kommt erschrickt er. Leopold ist kaum wiederzuerkennen. Geschrumpft und mit langen, schwarzen Tränenspuren im Gesicht steht er da. Der Regen läuft an ihm hinunter, bringt ihn zum Schmelzen, er wird zusehends schmäler. Regen ist nun mal für einen Schneemann tödlich. Schnell holt Peter einen Regenschirm, den größten den er finden kann und spannt ihn über Leopold auf. Soll er ihm einen Regenmantel anziehen, vielleicht eine Mülltüte überstülpen? Aber nein, darunter wird es immer ziemlich warm und dann ist Leopold ganz weg. Das darf keinesfalls sein. Peter überlegt fieberhaft. Übermorgen nach Schulschluss fahren sie zu Opa. Das Hotel liegt hoch oben in den Bergen. Gleich dahinter beginnt der Gletscher. Dort würde es Leopold gut gehen. Peter sucht im

Keller nach der Kühlbox, die sein Vater bei Jagdausflügen immer mit nimmt, um darin erlegtes Wild kühl zu halten. Das könnte passen. Er erklärt der Mutter seinen Plan und überhaupt, dass er sich dieses Jahr nichts sehnlicher zu Weihnachten wünscht als Leopolds Überleben. Die Mutter lacht und hilft ihm dann. Erst schließen sie die Kühlbox an und stellen sie auf ‚Tiefkühlen', bis die rote Lampe erlischt. Ganz vorsichtig, damit er nicht auseinander bricht, heben sie Leopold in einen Wäschekorb, tragen ihn in den Keller und betten ihn in die Kühlbox. Dank des vorangegangenen Schrumpfprozesses passt er genau hinein. Größer hätte er nicht sein dürfen. „So Leopold, schlaf schön. Das ist jetzt wie im Krankenhaus. Du wirst wieder ganz gesund und ich bringe dich in den ewigen Schnee, versprochen", flüstert Peter leise, aber die Mutter hat es doch gehört. Sie streichelt ihrem Sohn über den Kopf. Peters Vater ist nicht begeistert als er hört, was noch an zusätzlichem Gepäck im Auto verstaut werden muss. Aber irgendwie geht es dann doch. Peter macht sich auf dem Rücksitz ganz klein und zieht die Beine hoch, damit neben und unter ihm noch Platz ist. Als sie beim Großvater ankommen will sich Peter eigentlich sofort um Leopold kümmern, aber es ist schon zu dunkel. So wird die Kühlbox hinters Haus gestellt, kalt genug ist es ja. Peter hebt schnell den Deckel und schaut nach Leopold. Der sieht ganz friedlich aus, ist nicht weiter getaut und fühlt sich eiskalt an. Die schwarzen Tränenspuren sind noch deutlich sichtbar, die Korkenaugen sehen nicht besonders vorteilhaft aus.

„Du wirst ihm neue Augen machen müssen", sagt der Großvater, der neben Peter getreten ist. „Du kannst dir dafür von den Bäumen hinter dem Haus Tannenzapfen abmachen. Ich habe noch ein rotes Halstuch, das wird Leopold bestimmt gut stehen."

„Opa, du bist der Beste." Stürmisch umarmt Peter den Großvater.

„Aber wo soll ich ihn hinstellen und wie kriege ich ihn da hin?"

„Warte ab bis morgen, ich habe da so eine Idee."

Am nächsten Morgen, dem 23. Dezember, herrscht geschäftiges Treiben im Hotel, schließlich soll die Weihnachtsfeier am Heiligen Abend besonders schön werden. Es wird geputzt, Tannengirlanden mit glänzenden Sternen werden aufgehängt, der Weihnachtsbaum wird aufgestellt und geschmückt. Peter kommt sich etwas verloren vor. Die Eltern sind zum Skilaufen. Er hat keine Lust dazu. Erst will er Leopold in den Schnee bringen.

„Hallo Peter, wo bist du?", ruft Toni, der junge Hilfsskilehrer.

„Komm zieh dich an, dein Großvater hat mir alles erzählt, wir bringen Leopold zum Gletscher."

Peter ist wie elektrisiert. Hinter dem Haus steht die Schneekatze bereit. Toni packt die Getränkekisten für die Skihütte in den Anhänger und zum Schluss vertäut er obendrauf die Kühlbox. Peter steckt Tannenzapfen und Großvaters Halstuch ein, dann geht es los. Sie fahren den Hang hinauf bis zu dem Plateau oberhalb der Skihütte. Das Hotel liegt weit unter ihnen.

„Hier ist ein guter Platz", sagt Toni „aber wir müssen noch ein bisschen arbeiten und deinen Leopold anfüttern, damit er groß und stark wird." Gemeinsam heben sie den tiefgefrorenen Restleopold aus der Box und stellen ihn auf. An allen Seiten wird er mit Schnee gepolstert bis er so richtig rund und kräftig da steht. Er ist deutlich gewachsen und jetzt sogar fast größer als Peter. Prächtig schaut er aus. Der Schlapphut sitzt ihm verwegen schräg auf dem Kopf, nicht mehr ausgestopft, dafür geschmückt mit einer Feder, die Toni spendiert hat. Die Nase ist wieder gerade und mit seinen Zapfenaugen blickt Leopold richtig verschmitzt um sich. Dazu das rote Halstuch. Ein Prachtschneemann, es gibt keinen schöneren, da sind sich Peter und Toni einig. Und hier oben, abseits der Piste im ewigen Schnee, kann er jahrelang stehen und zum Hotel hinunter schauen. Mit glänzenden Augen betrachtet Peter am Heiligen Abend den Weihnachtsbaum. Er ist schön, aber nicht so schön wie sein Schneemann. Der Großvater schenkt Peter einen Feldstecher. Am ersten Weihnachtstag, es ist gerade hell geworden, schaut Peter durch das Fernglas zur Skihütte und sucht weiter oben den Hang ab. Alles ist unscharf, weiß, ein paar Bäume, die Spuren der Piste. Dann entdeckt er weiter oben einen roten Fleck. Und jetzt kann er es genau sehen, dort steht Leopold. Weit öffnet Peter das Fenster, winkt und ruft:

„Guten Morgen Leopold, guten Morgen und fröhliche Weihnachten."

Täuscht er sich oder winkt ihm Leopold tatsächlich zu und schwenkt dabei seinen Schlapphut?

Lukas kehrt heim

Der Zug hält. Endstation. Lukas nimmt den Rucksack, steigt aus. Zäh hängen die Reste der Morgendämmerung über der Stadt und lassen die Wintersonne nicht durchdringen. Kälte kriecht ihm den Rücken und die Beine entlang. In einem Backshop holt er sich eine Rosinenschnecke, dazu einen Becher mit Milchkaffee. Ein Euro achtzig, Sonderangebot zu Weihnachten. Das heiße Getränk wärmt und tut richtig gut nach der langen Nachtfahrt. Lukas leckt sich die letzten Krümel Zuckerguss von den Lippen und überlegt. Was nun? Soll er schnurstracks nach Hause fahren, klingeln, hallo liebe Eltern, der verlorene Sohn ist wieder da? Wie würden sie ihn aufnehmen, nachdem er vor über zwei Jahren bei Nacht und Nebel abgehauen ist und nur ab und zu mal eine Postkarte geschickt hat? Er sollte nach erfolgreich beendetem Studium im Architekturbüro des Vaters anfangen. Aber das war ihm zu spießig. Er wollte nicht sein ganzes Leben damit verbringen, für handtuchgroße Grundstücke Reihenhäuser zu entwerfen. Auf den Spuren berühmter Architektur ist er durch die Welt getrampt. Die Oper in Sydney, Gaudis Bauten in Barcelona, Pyramiden und Tempel in Ägypten, viel hat er gesehen. Wenn ihm das Geld ausging hat er auf dem Bau gearbeitet und zuletzt in Ägypten bei Ausgrabungen assistiert.

Er beschließt erst einmal die Stadt zu begrüßen, wandert durch vertraute Straßen, betrachtet Häuser und Plätze. Da hinten in dem roten Backsteinbau ist er zur Schule gegangen. Alles unverändert. Ob es noch den Park gibt mit Teich und Bänken unter Trauerweiden? Dort hat sich im letzten Schuljahr immer seine Clique getroffen, Joints geraucht, Bier getrunken und stundenlang diskutiert. Auf der Wiese hinter den Rhododendronbüschen haben sie mit Mädchen geknutscht. Lange ist das her. Was wohl aus den Kumpels geworden ist? Lukas geht durch den Park. Was ist dort? Auf der Bank hockt eine Gestalt, eingemummelt in einen dicken Fellmantel, darüber noch eine Decke. Den Kopf bedeckt eine rote Strickmütze. Lukas geht näher. „Hallo, ist was? Kann ich helfen?"

Aus der Decke taucht ein blasses Gesicht auf, schwarze Locken drängen unter der Mütze hervor, dunkle Augen sehen Lukas prüfend an.

„Nein danke, mir geht's gut."

Es ist eine junge Frau. Die Augen mustern ihn noch immer.

„Sag mal, bist du nicht Lukas Berg und auch hier zur Schule gegangen?"

Lukas stutzt und schaut genauer hin. Ist das Marie, mit der er fünf Jahre in dieselbe Klasse gegangen ist? Eine Zeit lang war er in sie verschossen. Beim

Abi-Ball war sie seine Tischdame, danach haben sie sich aus den Augen verloren.

„Und du, du bist Marie Hellmann, hab ich recht?" Das Mädchen nickt. Lukas setzt sich neben sie. „Weißt du noch, wie wir früher hier Schlittschuh gelaufen sind?", fragt er.

„Ja, und ihr Jungs wart immer so wild, habt dauernd gerempelt und Eishockey gespielt." Plötzlich hört Lukas ein leises Weinen. Er schaut sich um. Das Weinen wird lauter. Er sieht wie Marie unter der Decke nestelt, den Mantel öffnet, ihren Pullover hoch zieht. Ganz kurz wird ein winziges rosa Gesicht sichtbar, dann ist schon wieder die Decke darüber gezogen. Lukas ist verblüfft.

„Hast du ein Baby dabei? Hier in der Kälte, bist du wahnsinnig?"

Marie fängt an zu schluchzen. Wie ein Wasserfall strömen ihr die Tränen aus den Augen. Sie schnieft und stottert. Nach und nach erfährt Lukas ihre Geschichte: Der Vater hat die Familie verlassen. Der Freund der Mutter stellte Marie nach. Seine sexuellen Annäherungsversuche konnte sie nicht ertragen und zog zum Vater. Aber dessen Freundin ekelte sie raus. Marie versuchte vergeblich eine Lehrstelle zu bekommen. Sie kellnerte und half in drittklassigen Bars aus. So mies es ihr finanziell auch ging, alle Angebote, sich zu prostituieren, lehnte sie ab. Eines Morgens wachte sie auf einer schmuddeligen Matratze neben einem Typen aus der Bar auf. Ihr Kopf schmerzte, als wollte er platzen und sie musste sich mehrmals übergeben. Offenbar hatte man ihr K.o.-Tropfen ins Glas geschüttet. Sie wollte sofort zur Polizei. Der Typ und ein Kumpel drohten sie zusammenzuschlagen. Wenn sie zur Polizei ginge würde der ganze Laden auffliegen. Es gab keine Erlaubnis, alle arbeiteten schwarz und im Hinterzimmer wurden verbotene Glückspiele betrieben. Eingeschüchtert hielt Marie den Mund. Dann merkte sie, dass sie schwanger war. Deshalb verlor sie den Job in der Bar. Sie hatte kein Geld mehr, weder für eine Abtreibung noch für die Miete. Sie landete bei den Obdachlosen. Im Krankenhaus der Clarissinnen hat sie entbunden. Ein Mädchen, Lena. Die Schwestern wollten sie bis nach Neujahr dort behalten, damit Marie sich richtig erholen könnte. Sie belauschte ein Gespräch. Nach den Weihnachtsfeiertagen sollte eine Vertreterin des Jugendamtes kommen.

„Die wollen mir mein Kind wegnehmen", schluchzt Marie, „meine kleine Lena. Ich hab sie ganz warm eingepackt und bin heute morgen mit ihr abgehauen."

„Ja und was hast du jetzt vor? Du kannst bei der Kälte doch nicht mit dem Kind durch die Gegend ziehen?"

Marie schweigt. Lukas schüttelt den Kopf über so viel Unverstand. Er denkt nach.

„Weißt du was, du kommst erst einmal mit mir. Das Haus meiner Eltern hat einen separaten Eingang in den Keller. Ich weiß wo der Schlüssel liegt. Dort unten ist es schön warm. Seit meiner Schülerzeit haben wir dort einen Partykeller, mit Sesseln, einer Couch, sogar einem Gästeklo."

Es beginnt zu schneien. Die Straße vor Lukas Elternhaus ist menschenleer. Ungesehen gelangen sie durch den Vorgarten hinters Haus. Lukas greift unter einen Stein und zeigt triumphierend den Schlüssel. Im Schloss will er sich erst nicht so richtig drehen. Lukas spuckt zweimal kräftig auf den Bart, dann lässt sich die Tür öffnen. Auf Zehenspitzen gehen sie hinein. Es ist alles wie von Lukas beschrieben.

„Wunderbar" flüstert Marie und legt Lena auf ein Kissen. Das schrunzelige Gesichtchen verzieht sich, Lena fängt an zu schreien. Eine erstaunliche Lautstärke für so ein kleines Wesen denkt Lukas. Plötzlich hört er Schritte, sie kommen von innen die Treppe herunter. „Bring noch Apfelsaft mit" hört er von oben. Schnell knipst er das Licht aus. Marie hat sich mit dem Kind hinter der Couch versteckt. Da tönt wieder Lenas Greinen. Die Schritte halten vor der Tür an.

„Ist da jemand?", hört er die Stimme seines Vaters. „Da ist doch jemand."

„Was ist los?" Das ist die Mutter.

„Weiß nicht, ich habe was gehört, vielleicht eine Katze."

„Die musst du aber rausscheuchen sonst scheißt die uns hier alles voll. Warte, ich komme mit dem Besen."

Typisch Mutter, denkt Lukas, immer praktisch. Dass nun beide hier herunterkommen, damit hat er nicht gerechnet. Das Licht geht an, Lukas springt noch zur Seite, aber nicht schnell genug. Der Vater schreckt zurück, schließt und verschließt die Tür.

„Ruf die Polizei an", hört Lukas.

Er schlägt mit der Hand von innen gegen die Tür.

„Nicht doch, ich bin's, Lukas."

Stille.

„Lukas, wirklich du?"

„Ja, in Person. Mutter, Vater, ich bin es, euer Sohn. Nach über zwei Jahren bin ich zurück gekehrt. Ich weiß doch wo draußen der Schlüssel zum Keller liegt. Ich habe mich noch nicht rauf getraut, wollte erst mal sehen, außerdem ..."

Die Tür wird aufgerissen, die Mutter fällt Lukas um den Hals.

„Wie schön, dass du wieder zu Hause bist und das auch noch zu Weihnachten."

Lukas streckt die Hand zur Seite und zieht Marie hinter der Couch hervor.

„Sie hat keine Unterkunft und da dachte ich ..."

Das Baby beginnt zu schreien. Marie sagt leise „sie hat Hunger" und legt es an die Brust. Alle blicken auf den schmatzenden Säugling. Vorsichtig streicht Lukas Mutter mit Zeige- und Mittelfinger über Lenas Köpfchen.

„Ein Kind an Heiligabend", flüstert sie.

„Ist es von dir?" Sie schaut fragend zu Lukas.

Der schüttelt den Kopf.

„Was heißt das schon von wem, es ist ein Kind, einfach ein Kind."

Später sitzen sie um den großen Esstisch. Das verlängerte Weihnachtsmenü hat für alle gereicht. Die Kerzen am Weihnachtsbaum leuchten. Lukas ist gerührt. Selbst wenn seine Eltern alleine sind, ohne Weihnachtsbaum geht bei ihnen nichts, auch wenn dieser Baum eher ein Bäumchen ist. Eben doch Spießer, denkt er liebevoll. Nachdenklich schaut er auf Marie und die schlafende Lena. Vielleicht wäre es doch nicht so schrecklich, im Büro des Vaters zu arbeiten. Ökologisch und energiesparend zu bauen, das könnte ihn interessieren.

Überraschung

Es ist der erste Sonntag im Advent. Anna-Maria sitzt in ihrem Lieblingssessel am Fenster und sieht hinaus. Die mächtigen Kastanien haben längst alle Blätter verloren. Als dürres Skelett ragen die Äste in den dämmerigen Nachmittagshimmel; schwarz und scharf umrissen wie ein Scherenschnitt. Träge gleiten schwarze Vögel heran, lassen sich dicht an dicht nieder. Krähen. Ihr unmelodisches Krächzen dringt durchs geschlossene Fenster. Schnee liegt in der Luft.

Sie wartet auf ihren Sohn. Er hat sich zum Tee angesagt, will etwas mit ihr besprechen. Was das wohl sein wird? Er tat so geheimnisvoll. Tobias ist verschlossen, ganz anders als Jenny, seine lebhafte und übersprudelnde ältere Schwester. Wenn die mit Mann und drei Kindern anreist ist was los. Anna-Maria genießt das. Allerdings ist sie manchmal auch froh, wenn die ganze Bande wieder weg ist und sie anschließend ihre Ruhe hat. Denn anstrengend ist es schon. Vor allem Mark, ihr jüngster Enkel, ist besonders wild. Dreieinhalb Jahre ist er jetzt alt. Heiligabend würden sie wieder alle zu ihr kommen, das ist Tradition. Und Tobias? Sechsunddreißig Jahre ist er, da könnte er auch allmählich einmal daran denken eine Familie zu gründen. Aber nein, für ihn zählt nur sein Beruf. Die Zahnarztpraxis, die er zusammen mit seinem Studienfreund Jörg aufgebaut hat, geht glänzend. Alle Patienten, vor allem die Frauen, schwärmen von seinen begnadeten Händen. Das ist nicht übertrieben. Sie hatte erst vor einigen Monaten eine komplizierte Zahnbehandlung hinter sich bringen müssen. Er spritzte wirklich so sanft, dass sie es praktisch nicht gespürt hat und selbst das Bohren geschah mit empfindsamer Leichtigkeit. Und das meint sie ganz objektiv, nicht weil er ihr Sohn ist. Wenn sie bedenkt welchen Horror sie früher vor einem Zahnarztbesuch hatte. Vor dem Haus hält ein schwerer Wagen der S-Klasse. Hat er schon wieder ein neues Auto? Sie geht in die Küche, setzt Teewasser auf. Ein Schlüssel dreht sich im Schloss. „Hallo Mama", er nimmt sie in den Arm.

„Schön, dass du da bist." Sie gießt Tee ein und legt ihm ein großes Stück Käsekuchen auf den Teller.

„Mmmmh, lecker, noch handwarm."

„Genau, ich weiß doch, dass du ihn so am liebsten magst, habe ihn erst heute für dich gebacken." Tobias erzählt. Von seiner Praxis, seinem neuen Auto und dem für Januar geplanten Skiurlaub.

„Weißt du, wir machen die Praxis einfach drei Wochen zu, Betriebsferien. Jörg möchte auch mal wieder Ski laufen."

„Und was gibt es sonst Neues?"

Anna-Maria sieht ihren Sohn erwartungsvoll an. Tobias grinst.

„Du wirst staunen. Ich lade dich zu meiner Hochzeit ein, in zwei Wochen, am fünfzehnten, im Hotel Prinzenhof."

„Das ist ja eine tolle Überraschung. Du glaubst gar nicht, wie ich mich freue. Aber das ist ja schon bald, warum hast du mir das nicht eher gesagt. Und wen heiratest du? Kenne ich sie? Ist es Inga?"

„Unsere Sprechstundenhilfe? Wie kommst du denn darauf?"

„Na das ist doch die einzige Frau, die du ab und zu mit her gebracht hast. Jörg und du, ihr seid doch oft mit ihr ausgegangen. Ich hatte schon immer den Eindruck, dass ihr euch besonders gut versteht."

„Tun wir auch. Aber heiraten? Nein, ich heirate Jörg."

„Jörg? Aber das ist doch ..." Anna-Maria setzt schnell die Tasse ab, die wäre ihr fast vor Schreck aus der Hand gefallen. Sie ist entsetzt. Ein scharfer Schmerz durchzuckt sie, presst ihr das Herz zusammen, sie bekommt kaum noch Luft. Sie steht auf, geht zum Fenster, bemüht sich ruhig und tief zu atmen. Minutenlang schaut sie hinaus, ohne etwas zu sehen, sagt kein Wort. Jörg, also ... Sie kennt Jörg schon lange, mag ihn. Er war oft mit Tobias und anderen Freunden hier. Die jungen Leute haben im Garten gegrillt, herumgealbert, Spaß gehabt und manchmal abends noch mit ihr Karten gespielt. Deshalb hatte sie auch vermutet, dass Tobias und Inga ... Sie hätte sich für ihren

Sohn etwas anderes gewünscht, eine richtige Familie, Kinder. Aber nun? Tobias und Jörg ... Die Stille lastet schwer im Raum. Das Ticken der Standuhr ist auf einmal unnatürlich laut. Irgendwo im Haus schlägt eine Tür. Die Krähen hocken immer noch auf dem Baum.

„Mama" hört sie ihn leise sagen, „Mama, es ist mein Leben."

Er ist hinter sie getreten, legt ihr den Arm auf die Schulter. Anna-Maria wendet sich zu ihm.

„Sicher, es ist dein Leben, aber es kommt so überraschend und ist so ungewöhnlich. Ich will doch nur, dass du glücklich wirst."

„Aber das bin ich doch, bin ich von ganzem Herzen, ich kann mir nichts anderes vorstellen. Wir haben lange überlegt und uns die Entscheidung nicht leicht gemacht."

Tobias strahlt über das ganze Gesicht. Er ist so glücklich, denkt sie, ich muss es hinnehmen, auch wenn es schwer fällt.

„Und jetzt musst du mir helfen. Ich habe mir für die Hochzeit extra von Online Couture ein Kleid schicken lassen, es ist etwas ganz Besonderes. Ein einziges Mal möchte ich so etwas Schönes tragen. Aber ich glaube die Ärmel sind zu lang."

Ein Hochzeitskleid? Anna-Maria schluckt.

„Hast du es mitgebracht? Dann zieh es an und zeig her."

Tobias holt aus dem Kofferraum einen Kleidersack und verschwindet im Badezimmer. Kurz darauf öffnet sich die Tür. Anna-Maria schaut ihren Sohn an, glaubt ihren Augen nicht zu trauen. Mein Gott, wie schön er ist. Das ebenmäßige Gesicht leicht gebräunt, die Haare – dunkelblond und etwas gewellt – reichen bis in den Nacken, seine blauen Augen leuchten. Das schmal geschnittene Kleid ist aus dunkelrotem Samt, bodenlang, hochgeschlossen und mit langen Ärmeln.

„Wunderschön siehst du aus, umwerfend. Geh mal ein paar Schritte."

Sie musterte ihn, das ist nun ihr Sohn, kaum zu glauben. Habe ich ihn je gekannt, ihn jemals richtig angesehen? Fremd wirkt er und doch so vertraut. Er sieht aus wie ein Erzengel denkt sie. Anna-Maria unterdrückt die Wehmut, schlägt die Ärmel ein und sagt schnell:

„Die sind tatsächlich etwas zu lang. Ich näh sie dir gleich um."

Heiligabend. Anna-Maria blickt gerührt um sich. Alle sind da. Jenny mit Mann und Kindern, Tobias mit Jörg. Die geschmückte Tanne strahlt im Glanz der Lichter. Die Bescherung und das Abendessen sind vorbei. Jörg hat seit Mittag in ihrer Küche gewerkelt und die köstlichsten Pasteten und Salate zubereitet. Jenny und ihr Mann sitzen auf dem Sofa, trinken Rotwein und unterhalten sich. Tobias hockt mit den beiden älteren Kindern auf dem Boden und liest aus dem neuen Märchenbuch vor. Jörg kriecht auf allen Vieren durchs Zimmer, den jauchzenden Mark auf dem Rücken, wiehert und bockt wie ein wildes Pferd. Meine Familie, denkt Anna-Maria, wie schön. Liebevoll blickt sie von einem zum andern, zuletzt auf Tobias und Jörg. Warum eigentlich nicht?

Am Tag danach

Trübe schaut der Morgen durchs Fenster. Am liebsten würde Beate gar nicht aufstehen, sich die Decke über den Kopf ziehen und weiter schlafen. Aber sie muss aus dem Bett. Braucht dringend kaltes Mineralwasser, viel Mineralwasser, um den dumpfen Kopfschmerz, der in ihren Schläfen pocht, aufzulösen. Das war der Punsch gestern Abend. Sie schlurft ins Esszimmer: Der Tisch voller Reste, Krümel, Gläser, zerknüllter Servietten. Die sorgfältig gestärkte und gebügelte Tischdecke mit Flecken von Sauce, Rotkohl und Kerzenwachs. In der sonst so aufgeräumten Küche stapeln sich Berge von schmutzigem Geschirr. Fettige Teller, Knödelstücke, abgenagte Gänseknochen noch mit Fleischfasern dran. Im überheizten Wohnzimmer riecht es nach Essen und Alkohol. Die Kerzen sind herunter gebrannt, Wachskrümel auf dem Teppich. Der sorgsam geschmückte Weihnachtsbaum streut erste Nadeln. Seufzend macht sie sich ans Aufräumen. Lässt kaltes Wasser über die Teller laufen, befüllt die Spülmaschine. Die edlen Kristallgläser, Erbstücke von Oma, die sie nur zu Weihnachten nimmt, müssen von Hand gespült werden. Eigentlich Blödsinn, sie immer wieder an hohen Festtagen rauszuholen. Macht nur Arbeit. Ikea hat eine große Auswahl von Gläsern, die formschön und spülmaschinengeeignet sind. Aber das würde ihre Mutter nie dulden. Beate meint ihre empörte Stimme zu hören. ‚Das ist lieblos. Nicht mal zu Weihnachten nimmst du die guten Kristallgläser. Deine arme Großmutter würde sich im Grabe herum drehen. Sie hat diese Gläser ihr Leben lang wie einen Augapfel gehütet, damit nach ihrem Tod ihre Enkelin sie einmal bekommt.'

Das war das letzte Mal, sagt sich Beate, während sie die Tischdecke und die Servietten auf Flecken untersucht, alles mit Fleck-weg einsprüht und in die Waschmaschine stopft. Warum tue ich mir das bloß an? Noch eine gute Stunde, dann ist das Gröbste geschafft. Sie freut sich schon darauf, es sich nach getaner Aufräumarbeit in der Sofaecke bequem zu machen. Dazu eine Tasse Kaffee, ein Stück Stollen und den neuen Roman. Den wollte sie immer schon lesen. Es ist ein Weihnachtsgeschenk ihres Bruders – er kennt ihren Geschmack. Jetzt die Reste in Tupperdosen füllen und im Kühlschrank verstauen. Einen Teil wird sie einfrieren. Von dem andern hat sie die nächsten Tage noch reichlich zu essen. Sorgfältig verknotet sie zwei Mülltüten und bringt sie runter in den Container. Nie wieder würde sie zu Weihnachten die ganze Familie zum Gänseessen einladen. Sie weiß auch nicht, warum sie das jedes Jahr macht. Aber jetzt ist wirklich und definitiv Schluss damit. Ihre Schwägerin könnte es doch auch mal tun. Oder sie feiern wie ganz früher bei den Eltern. Tante Elli scheidet aus, deren Wohnung ist zu klein. Außerdem, was gäbe es für einen Fraß, die kann überhaupt nicht kochen und schaut im Kochbuch nach, wie ein Spiegelei gebraten wird. Beate prustet vor Lachen, wenn sie sich ein Weihnachtsessen bei Tante Elli vorstellt. Die nächsten Tage, wenn sie ihre Familie anruft und spätestens bei den guten Wünschen zum Neujahrsfest, wird sie allen schon einmal mitteilen, dass es bei ihr kein Gänseessen mehr geben wird. Sollen die andern es machen. Man hat schließlich nur eine Familie. Energisch fährt Beate mit dem Staubsauger über den Teppich und unter die Schränke. Es dauert nicht mehr lange, dann sind auch die letzten Spuren beseitigt. Ihre Wohnung sieht wieder blitzblank aus. Jetzt noch die vier zusätzlichen Stühle, die sie während des Putzens auf dem Flur ausgelagert hat, zurück auf den Speicher schaffen. Mit zweien übereinander gestellt ist das etwas mühsam, aber sonst müsste sie viermal gehen. Außer Atem steht sie in der Mitte des Zimmers und blickt sich zufrieden um. Endlich geschafft. Das war das letzte Weihnachtsgansessen bei Beate. Sie wird sich nur noch einladen lassen und genießen.

Aber bereits während sie das denkt weiß sie, auch im nächsten Jahr wird sie wieder für die ganze Familie Gänsebraten machen.

Krippenfahrt

Zwei ältliche Damen, die eine im Nerz mit Hut und Handschuhen, die andere im Lodenmantel und mit Strickmütze, stehen vor der Krippe in St. Aposteln und betrachten sie andächtig.

„Sag Lenchen, ist es dir schon einmal aufgefallen, dass in allen Darstellungen von Christi Geburt das Jesuskind fast immer nackt ist? Höchstens 'ne Windel ums Popöchen gewickelt. Aber Oberkörper und Ärmchen, die sind nackt. Dabei ist das Kind doch gerade erst geboren."

„Aber Elsbeth, was du dir immer für Gedanken machst."

„Ich habe doch recht. Guck mal hier: Die Maria, die trägt ein warmes, rotes Kleid, darüber einen blauen Umhang und noch einen weißen Schleier. Die Hirten haben lange, wollene Gewänder in mehreren Schichten übereinander an. Die Könige aus dem Morgenland, prächtig in Brokat, Samt und Seide gehüllt, die sind auch schön warm angezogen. Das arme Kind muss doch schrecklich frieren. Keine Mutter würde so was tun, zumindest könnte Maria es mit in ihren Umhang wickeln."

„Aber das Jesuskind ist doch Gottes Sohn, der friert nicht. Außerdem sitzt die Maria vor einem Strahlenkranz, der wärmt sicher auch."

„Ach, meinst du der wirkt wie ein Heizstrahler oder so? Könnte ja sein, habe ich noch nicht drüber nachgedacht. Aber dann müssten die anderen ja fürchterlich schwitzen und hätten sich mindestens die Mäntel ausgezogen. Außerdem, denk an andere Krippen, da hat die Maria keinen Strahlenkranz. In St. Maria Lyskirchen liegt Schnee auf den Dächern, die ganzen Bewohner von Köln laufen da herum, das heißt, die von früher. Und alle sind richtig angezogen. Nur das Jesulein sitzt auf dem Schoß seiner Mutter mit nix an. Im Dom ist es genau so. Dabei ist es dort immer so kalt."

„Das stimmt aber nicht ganz. Immerhin reicht bei der Krippe im Dom die Windel dem Kind bis zu den Füßen."

„Recht hast du. Der Windellappen ist dort deutlich breiter. Aber das ist doch absolut unlogisch. Da müssen wir mal unseren Pfarrer fragen, vielleicht weiß der was drüber."

„Das machen wir. Aber mir ist jetzt auch richtig kalt geworden. Bevor wir weiter Krippen ansehen gehen wir erst mal im Café Fromme schön Kaffee trinken."

Utta Kaiser-Plessow

2984
Ein utopischer Roman 199 Seiten

Nach der Klimakatastrophe haben die Frauen das
Sagen. Die Männer, rückentwickelt und intellektuell
bedürfnislos, sind ins Reservat verbannt. Für die Frauen
sind sie lediglich Sexualobjekt und Samenspender.
Landor ist anders. Er träumt von einem freien,
selbstbestimmten Leben mit einer Frau, die er liebt. Er
setzt alles daran, der Enge des Reservats zu entfliehen.
In Aldina, mit der er als Kind einige Jahre aufgewachsen
ist, findet er seine Partnerin. Bei einer abenteuerlichen
Flussfahrt geraten beide in Lebensgefahr.
BoD 2012 ISBN 978-3-8482-1000-8, auch als E Book

Neun Arten zu Tode zu kommen
Kurzgeschichten 63 Seiten

Es gibt immer Tote. Keiner ermittelt. Erschossen,
erstochen, erwürgt, vergiftet – alles ist dabei. Auch ein
Unfall, sogar ein natürlicher Tod. Es wird gemordet:
Hinterhältig, langfristig geplant, aber auch spontan.
Nicht selten gehört die Sympathie des Lesers dem Täter.
BoD 2015 ISBN 978-3-7347-5984-0, auch als E Book